지혜의 칼럼집

지혜의 칼럼집

ⓒ 임인택, 2023

초판 1쇄 발행 2023년 11월 24일

지은이   임인택
펴낸이   이기봉
편집   좋은땅 편집팀
펴낸곳   도서출판 좋은땅
주소   서울특별시 마포구 양화로12길 26 지월드빌딩 (서교동 395-7)
전화   02)374-8616~7
팩스   02)374-8614
이메일   gworldbook@naver.com
홈페이지 www.g-world.co.kr

ISBN   979-11-388-2513-9 (03810)

지혜의
칼럼집

칼럼니스트 임인택 지음

경기노인복지신문
환경저널
대한시니어신문

경기노인복지신문

SRN 대한시니어신문
KOREA SENIOR NEWS

http://www.ggnbn.kr

2023년 6월 05일 제59호

진, '노인 통합돌봄 관리방안 모색 국제

부, '아너 CSR 컴퍼니 초청 오찬 세미나' 성료

녹색 환경 지킴이
환 경 저 널

23 지역사회공헌 인정제

대한사회복지신문

7762-3031 / 팩스(031)595-9959

http://www.kswn.kr

2022년 10월 04일 제149호

인 체감 이동·편의 강화' 첫발

좋은땅

추천의 말씀

대한사회복지신문 발행인 고영남

글을 잘 쓴다는 것은 매우 어려운 일이다.

한걸음 더 나아가, 읽는 이들의 공감을 얻는 글을 쓴다는 것은 더더욱 어렵고 힘이 드는 작업이다.

무릇 글이란, 내 손을 떠나는 순간, 나의 소유가 아니라, 오롯이 독자의 영역 안에 들어가서, 그들로부터 호평이나 악평 그리고 무관심의 대상이 될 따름이다.

이는 곧, 글만이 가질 수 있는 영원불멸로 읽혀지기도, 또는, 잊혀지기도 하는 특수한 생명력의 생·로·병·사의 현상 때문이다.

작가란, 온갖 산고(産苦)를 극복하며 혼신을 다해 자신의 글을 세상에 내놓게 된다.

이에 대한 평가는 읽는 이들의 몫이다.

후세에 길이 남겨질 내용으로 고평가받거나, 아니면 이와 반대인 상황에 직면하게 되지만 정작 글의 소유자인 작가 자신은 아무런 권한이나 행위를 할 수가 없는 것이다.

그만큼 글을 쓴다는 일은 허공에 대고 그림을 그리는 일이나 크게 다르지 않은 무망한 작업이다.

영혼을 다 바쳐 가면서 한 줄 한 줄 원고를 메꾸어 보지만, 결국에는 기대와 두려움의 상호작용이나 배타적 관념의 산물로 기능을 해 버리는, 매우 실속조차 없는 일이기도 하다.

글 쓰는 일이 아무리 힘들고 어렵다고는 하지만, 다소 점잖은(?) 표현을 빌어서, 지식과 지성의 협업으로 이루어지는 작업이라고 자찬을 해도 괜찮은 일이라는 생각도 든다.

소위, 작가는, 평시 언행이 반듯하고 사유의 폭이 넓고 깊어야 한다는 절대 조건이 요구된다는 게 필자의 생각이다.

덧 이어서, 이번 칼럼집을 출간하시는 임인택 작가님에게도 위와 똑같은 조건이 적용되어야 한다는 생각이다.

조금 각도를 달리하여 필자는, 임인택 작가님과 사적 관계에 의해 50여 년의 인연이 이어져 오고 있다.

그래서 누구보다도 임 작가님에 대한 평가가 수월할 것이라는 점이 감안되어서 감히, 추천의 말씀을 올리는 기회가 주어진 셈이다.

임 작가님은, 그동안 『참회』라는 자전적 내용을 담은 에세이집을 내놓으셨고 이어서도 『삶의 이유』, 『하나님은 나를 이렇게 사랑하고 계시는구나』라는 삶에 대한 깊고, 높고, 넓은 성찰이 수록된 고품격의 서책을 출간했다.

흔히, 유려한 필치로 써 내려간 책의 내용과, 평시 작가 자신의 언행이 불일치하는 '인지 부조화' 현상이 드물지 않다는 게 상식처럼 굳어 있다.

이와 같은 토양에서, 자신의 언행과 저서의 내용이 매우 일치하는 경우는 흔치 않다는 게 정설이다.

임인택 작가를 50여 년을 지근거리에서, 지켜 보아온 필자가 단호하게 밝힐 수 있다.

한결같은 바른 품성과, 반듯한 언행, 불의에 굽힐 줄 모르는 반듯한 소신, 정의를 위해서라면 몸을 던질 줄 아는 열혈 정신 등은 이분이 지닌 특장이다.

이를 입증할 수 있는 사례들이 있다.

수도권 지역, 말단 공무원으로 출발하여, 정보통신부 부이사관을 지낸 경력이 이를 명징하게 입증한다.

승진을 위해서는 남들이 한다는 매관매직이나, 권력의 조력을 받아본 적도, 받을 생각조차도 해 보지 않은, 그야말로 순수한 자신의 능력 고과평가에 의해서 스스로 입지를 이룩한 이력으로만 미루어 보아도 본인의 삶에 대한 태도나 관념이 얼마나 철저했는지 어렵지 않게 가늠이 된다.

이번, 네 번째 산통을 치루면서 세상에 내놓은 칼럼집은 입지전적인 한 인간이 걸어온 삶의 질량이 오롯이 녹아든 아주 실(實)한 지혜의 곡간이라고 확신하며 추호도 망설임도 없이 추천의 글을 올려 본다.

아울러, 작가 임인택 님이 걸어오신 궤적의 기록물에 대한 곁말을 보태면서 혹여라도 임인택 작가님의 귀(貴)한 늦둥이에게 누라도 되지 않을까 노심초사했음을 밝혀 본다.

어쭙잖은 추천의 글을 끝까지 보아 주신 여러분에게 감사의 말씀을 전하면서 글을 맺는다.

발간 축사

경기노인복지신문 발행인 손성본

대한시니어신문 발행인 임주현

먼저, 출간에 대하여 진심으로 축하드리는 바이다.

신문을 몸에 비유한다면, 기사는 하나의 육체이고, 칼럼은 정신이라 할 수 있다. 정신이 없는 육체는 죽은 몸이나 다를 것이 없다.

또한 기사는 객관적인 시선으로 있는 그대로 사실만을 기록하는 것이지만, 칼럼은 기사를 바탕으로 집필자의 신념과 철학이 담긴다. 그래서 칼럼은 한 신문의 정신이라 할 수 있다. 그것이 칼럼의 가치다.

本紙도 집필자로 고민하던 중 대한사회복지신문 고영남 발행인으로부터 임인택 선생을 소개받고 인연을 맺게 됐다.

칼럼은 직접 경험한 것에서 우러나온 글이 독자들이 쉽게 공감할 수 있을 뿐만 아니라, 글의 신뢰도도 높여 준다. 그런데 선생의 글은 단순한 지식과 정보의 전달이 아니라 체험에서 나온 삶의 지혜를 전달해 주기에 많은 독자들로부터 공감과 찬사를 받고 있다. 감사하지 않을 수 없다.

그런데 이번에 그동안의 칼럼을 한 권의 책으로 출간한다고 하니, 참으로 반갑고 다행이라고 생각한다.

다시 한번 출간에 즈음하여 진심으로 그리고 열렬히 축하의 말씀을 드리는 바이다.

감사합니다.

책을 내면서

지난 2022년 여름 어느 날《대한사회복지신문》발행인(寒松. 高英男)으로부터《환경저널》의 칼럼 기고를 부탁받았다.

처음에 얘기를 들었을 때는 당황했다. 아니, 내가 무슨 칼럼을. 쓸 자격이나 있나. 칼럼을 아무나 쓰나 하고 생각했다.

글 쓴 경험으로는 도서 3권 출간한 경험밖에는 없다. 그리고 칼럼은 도서와는 성격이 또한 다르다. 그래서 쓴다고 할까, 못 쓴다고 할까를 고민했다.

편한 쪽을 택한다면 못 쓴다고 하면 되지만, 쓴다고 하면 공부를 하지 않으면 안 된다. 고민하다가 힘들지만 그래도 공부하는 쪽으로 선택을 했다. 내 스스로 발전할 수 있는 기회가 될 수도 있다고 생각했기 때문이다.

칼럼을 쓰기 위해서는 다양한 지식과 정보와 그리고 신념과 철학이 필요하다. 자료도 많이 찾아 공부해야 하고 그리고 통찰력과 분석력과 정확한 판단력도 갖추어야 한다. 특히 시사성 칼럼의 경우에는 편향된 자기만의 주장이 아닌 보편타당한 주장을 할 수 있어야 한다. 여하튼 생각 끝에 칼럼을 쓰기로 하고 시작했다.

그런데 지금 와서 생각해 보니 개인적으로는 잘한 선택이었고 보람 있는 기회였다고 생각한다. 나름 그동안 자료도 많이 찾아 공부했고 생각도 많이 했다. 그래서 그동안 75편의 칼럼을 썼다. 《경기노인복지신문》 칼럼과 그 전신인 《환경저널》 그리고 《대한시니어신문》이다.

그런데 아무리 생각해 봐도 칼럼다운 칼럼이라고는 생각이 들어가지 않는다. 능력의 한계인 것 같다. 그럼에도 불구하고 지면에 실린 칼럼들은 1회용으로 사라져 버리고 만다. 부끄럽지만 그래도 나름 열심히 쓰려고 한 것들의 사라짐이 조금은 아쉽다는 생각이 들어간다.

그래서 한 권의 책으로 엮어 보려고 하는 것이다. 생각은 그래도 독자님들에게 좀 더 좋은 내용을 전달하려고 노력했기에 그러한 필자의 뜻이 조금이라도 전달됐으면 하는 바람에서다. 모쪼록 독자님들의 이해를 바라고, 아울러 이 자리를 빌려 모든 분들에게 평안이 있기를 빈다.

다시 한번 공부의 기회를 준 寒松. 高英男 발행인에게도 감사의 말씀을 드린다.

감사합니다.

임인택

목차

1.

가장
훌륭한 삶

《경기노인복지신문》칼럼 2023.9.18.

보도에 의해, 아픈 아버지와 할아버지를 대신해 고등학교 진학을 포기한 채 하루 15시간씩 일하는 용일(16) 군의 사연이 전해졌다.

"또래의 경우 고등학교에 진학했을 나이이지만 용일 군은 학교 대신 일터로 나가기 시작했다. 어릴 적부터 용일 군을 돌봐주셨던 할아버지는 파킨슨병과 암 투병으로 일상생활이 힘든 상태이며 아버지는 교통사고 이후 뇌출혈을 겪고 지적장애를 얻었다. 결국 용일 군은 세 식구의 생계를 책임지기 위해 중학교 2학년 2학기 때부터 일을 시작했다고 한다.

용일 군의 하루는 새벽 3시 택배 배달 아르바이트로 시작한다. 이후 낮에는 식당 아르바이트를 해 돈을 벌고 밤에는 야간 경비를 서며 하루 꼬박 15시간씩 일한다. 이외에도 선팅 업체, 물류 창고 관리, 편의점 알바 등 어린 나이에 할 수 있는 일은 모두 해 왔다고 한다.

이렇게 일하다 보면 밥도 제대로 먹지 못하는 날이 대부분이다. 계단에 쪼그려 앉아 잠시 눈을 붙였고 끼니는 택배 차량 구석에서 컵라면과 김밥으로 때웠다. 용일 군은 "밥 안 먹고 그냥 넘어갈 때도 있긴 한데 보통 그냥 한 끼 정도 먹는다."며 "잠은 3시간씩 나눠서 잔다."고 했다.

그러나 용일 군이 15시간씩 일해도 세 식구를 위한 의료비와 생활비를 모으기엔 부족한 형편이라고 한다."

《조선일보》 2023.9.8.

기사를 접하고 나니 답답하고 가슴이 먹먹해져 온다. 아직은 부모 밑에서 세상 아픔 모르고 또래들과 밝게 성장할 나이인데, 그러지를 못하고 무거운 짐을 지고 힘들게 살아가는 용일 군을 생각하니 너무 안쓰러운 생각이 든다. 왜 어린 나이에 저런 아픔이 왔을까.

그런데 한편 TV 화면에는 어느 한 정치인의 검찰 출석하는 모습이 나오고 있고 현장 주변에서는 지지자들과 반대자들이 서로 욕설을 하며 싸움판을 벌리는 장면이 나온다. 서로 속이고 모략하고, 허구한 날 싸움밖에 모르는 버러지들 같은 사람들이란 생각이 들어간다. 정도껏 해야 하는데, 국민들은 힘든데, 지겹다. 먹고 하는 일이란 그것밖에 없다. 그러고도 입만 열면 국민이다. 국민을 위한 정치를 해야 한단다. 역겹기까지 하다.

용일 군 힘내기 바란다. 힘들고 어렵겠지만 그러나 용일 군은 그 어느 누구의 삶보다도 훌륭하고 가치 있는 삶을 살고 있는 것이다. 가치 있는 삶이란 편안한 삶이 아니고, 즐기는 삶이 아니다. 그런데 세상적 기준은 편하고 즐기는 삶을 성공한 삶이고 행복한 삶이라고 한다. TV에서 싸우는 저 사람들과 같이.

　가치의 삶은 어려움을 참고 견뎌 내는 삶이다. 주어진 운명을 인내하고 극복하는 삶이 진정한 가치의 삶이다. 어렵고 힘든 삶은 그것으로 끝나는 것이 아니라 큰 행복을 얻기 위한 과정이다. 어려움을 극복할 줄 모르면 행복이 행복인 것을 모르고 행복을 주어도 감당할 줄 모른다. 분명 오늘의 어려움은 큰 행복을 얻기 위한 과정이니 걱정하거나 슬퍼하지 말고 용감히 그리고 당당히 운명을 헤쳐 나가기를 바란다. 용일 군은 지금 가장 훌륭한, 그리고 가장 가치 있는 삶을 살고 있음을 알아야 한다. 용일 군에게 축복을 빈다.

2.

165만 원

《경기노인복지신문》칼럼 2023.9.11.

'병장월급 165만원으로 인상'이란 기사의 제목이다. 그동안 몇 번 뉴스화됐던 내용이기는 하지만 그래도 보는 순간 언뜻 낯선 느낌이 든다. 글쎄 뉴스를 접하는 대다수의 국민들은 어떻게 생각할지 모르겠지만 과연 적절한 때에 적절한 금액인지 하는 생각이 든다. 물론 주는 것이 아까워서가 아니고, 필자의 군대 생활 때와 비교해서 배가 아파서도 아니다. 단지 국민들의 생각과 뜻에 일치되는 것인지 하는 것이다. 솔직히 60년대 필자의 군대 생활 때에는 월급이라 할 수도 없는 푼돈을 받았다. 월급 받는 날 PX(군부대 내 매점)에 가서 빵 몇 개와 막걸리 한 잔 먹으면 그걸로 모든 것이 끝이 난다. 월급이 아니라 일당도 안 되는 돈이다. 그런데 165만 원이라고 하는 뉴스를 보는 순간 와~ 이래도 되는 건가? 하는 생각이 든다.

그래서 필자의 느낌을 적어 보는 것이다.

첫째, 모든 국민들에게는 이행해야 할 헌법상 의무가 있다. 그중 하나가 국방의 의무다. 대한민국 국민이라면 누구나 국토를 방위할 의무가 있다. 그런데 의무에 대가가 반드시 따라야 하는 것은 아니다. 대가가 따른다면 의무라 할 수 없다. 그렇다면 국가의 의무에 報酬적 보상이 꼭 필요한 것인지.

더욱이 우리나라는 募兵制가 아닌 徵兵制다. 직업군인도 아니면서, 그래서 더욱 그렇다는 얘기다.

둘째, 너무 단기간 내에 큰 폭으로의 인상이다. 모병제의 경우는 적정 병력이 25만~30만 정도라 하고 병사 월급은 연봉 2,500~3,000만 원 정도라고 한다. 그런데 앞으로 병장의 월급을 월 200만 원 수준까지 인상해 준다고 한다. 그렇다면 거의 모병제 수준이 된다. 남·북 관계에 있는 우리나라는 병력 숫자상 현실적으로 모병제는 불가능하다. 그런데 현재 우리나라의 국가 채무는 위험 수위에 도달, 올해는 1100조 원을 넘길 전망이라고 한다. 이러한 모든 것들을 고려한 결정이었는지 하는 것이다.

셋째, 젊은 사람들에게는 군대 생활 기간 동안 자신의 정신적 건강과 육체적 건강의 단련이 필요한 주요 시기다. 단련에는 힘듦과 어려움을 참고 견뎌 내는 과정이 필요하다. 물론 경제적으로도 힘들고 어려움을 참고 견뎌 내는 훈련이 있어야 한다. 왜냐하면 인간은 시간과 물질의 여유가 있을 때 나태해질 수 있고 실패할 수 있다.

물질적 여유로움이 단련에 있어서 저해 요인이 되는 것은 아닌지 또한 생각된다.

넷째, 어느 정권이던지 간에 포퓰리즘 정책은 안 된다. 그런 면에서 현 정권은 전정권의 포퓰리즘 정책에 대하여 비판해 왔다. 그런데 공약 사항이라고는 하지만 국민적 합의나 동의 없이 큰 폭으로의 인상이 바로 포퓰리즘적으로 인식되는 것은 아닌지, 또는 사회적 형평성이나, 부사관 장교들과의 차별화도 적절한 것인지 생각해 보지 않을 수 없다.

3.

행복한
노후 관리

《경기노인복지신문》칼럼 2023.5.15.

    요즘 모(某) 일간지에는 '행복한 노후 탐구'란 제목으로 100세 시대에 좋은 정보들을 전달해 주고 있고, 또 인터넷상으로도 많은 정보들이 전해지고 있다. 그런데 보면 다 그 말이 그 말들이다.

    100세 시대라는 얘기는 희망적인 의미의 얘기다. 즉 축복받은 100세를 얘기하는 것이다. 건강하지 않고 병든 100세가 아닌, 건강하고 행복하게 사는 축복받은 100세 시대를 말한다. 그리고 그렇게 살기 위해서 여러 가지 많은 정보들이 있다.

    우선 나이가 먹으면 무조건 걸으라고 한다. 노후 건강의 가장 기본적인 운동은 규칙적으로 꾸준히 걷는 것이다. 걷는 것 이상으로 좋은 운동은 없다고 한다. 다음으로는 충분한 수면이다. 노년의 충분한 수면은 건강을 유지하게 되고 그리고 아픈 곳도 치유된다. 그래서 노년의 충분한 수면은 그만큼 중요하다. 세 번째로 충분한 영양 섭취다. 충분한 잠을 자고 운동을 한다고 해도 균형 잡힌 영양섭취가 안 되면 안 된다. 네 번째로 글을 쓰든가, 읽든가 책을 가까이하라고도 한다. 그래서 뇌 운동이 원활이 이뤄지도록 해야 한다고 한다. 다섯째로 적당량의 햇볕을 쬐어야 한다. 여섯째로 친구들을 많이 만나고 대화를 나누라고 한다. 일곱째로 금주 금연을 하라고 한다. 여덟째로 긍정적 사고를 가지라고 한다. 부정적으로 생각하고 행동한다면 건강에도 좋을 것이 없다. 이외에도 100세 시대를 살아가는데 있어서 해야 할 많은 정보들이 넘친다. 그런데 그중 필자가 하고자 하는 얘기는 다음과 같은 얘기다.

평안한 노후 생활을 하기 위해서는 신앙생활을 권한다. 그러나 분명한 것은 어느 특정 종교를 얘기하고자 하는 것은 아니다. 오직 신앙생활의 순기능 자체를 얘기하고자 하는 것이다.

우리는 보통 신앙생활을 단순히 마음의 안정이나 정신적 평안 또는 도덕적 성찰을 하기 위해 갖는 것으로도 생각한다. 그러나 그러한 막연한 신앙보다는, 인간의 존재를 깨닫고 겸허할 수밖에 없는 관계 속에서 찾게 되는 신앙생활을 얘기하는 것이다. 그래서 모든 것을 맡길 수밖에 없고, 모든 것을 의지할 수밖에 없는 그런 신앙을 말한다.

나이가 들면 혼자가 된다. 배우자도 떠나고 친구들도 떠난다. 친구들을 많이 만나라고는 하지만 친구들이 나의 외로움을 완전히 해결해 줄수는 없고, 그리고 친구들도 언젠가는 다 떠나게 된다. 노년은 외로울수밖에 없다.

그래서 신앙생활을 권하는 것이다. 물론 신앙이 직접적 외로움을 해결해 주는 것은 아니다. 그렇지만 신앙은 정신적으로 또 마음적으로 안정이 되고 위로가 된다.

물론 그 이유를 이론적으로 설명할 수 있는 것은 아니다.

또 나이가 들면 경제력도 떨어진다. 저축해 놓은 재산이라도 있다면 몰라도 현직을 떠나게 되면 누구나 경제적으로 궁핍해지기 마련이다. 그래서 불안하기도 하고 두려워지기도 한다.

그래서 신앙생활을 권하는 것이다. 물론 신앙이 직접적으로 경제적 도움을 주는 것은 아니지만 그렇지만 불안하고 두려운 마음에 안정이 오고 평안이 올 수 있다. 물론 이론적으로 설명할 수 있는 것은 아니다.

또 나이가 들면 건강도 약해지고 병도 생기고 아픈 곳도 생기게 마련이다. 그래서 좌절하게 되고 절망도 하게 된다.

그래서 신앙생활을 권하는 것이다. 물론 신앙이 병을 직접 낫게 하고 건강을 주는 것은 아니다. 그렇지만 어려움을 극복하고 이길 수 있는 의지력과 힘이 생기게 된다. 역시 이론적으로 설명할 수 있는 것은 아니다.

또 젊었을 때에는 생각할 필요성도 느끼지 못하던 죽음에 대하여 나이를 먹게 되면 두려움을 갖지 않을 수 없게 된다. 그런데 그 두려움도 편안한 마음으로 바뀔 수 있다.

역시 이론적으로 설명할 수 있는 것은 아니다.

노후의 쓸쓸함과 외로움, 불안함과 두려움, 병들고 아픔, 이 모든 것들을 인간의 의지력으로 참고 인내하기는 힘들다. 그래서 신앙생활이 필요한 것이다.

신앙이 있는 노후는 혼자 있어도 그리 외롭지 않고, 신앙이 있는 노후는 가진 것이 없어도 그리 두렵지 않다. 신앙이 있는 노후는 아파도 그리 걱정스럽지 않고, 신앙이 있는 노후는 병이 들어도 그래도 평안할 수 있다.

물론 신앙이 이성적으로 판단할 수 있고 설명할 수 있는 것은 아니지만 그러나 근심 걱정 외로움 등 모든 것들을 맡길 수 있고, 그래서 마음이 편안해질 수 있다면 그것으로 족한 것이 아니겠는가. 또 두렵고 불안한 마음을 의지할 수 있고, 그래서 조금이라도 편안하고 평안한 마음을 가질 수 있다면 그것으로 족한 것이 아니겠는가. 그렇지 않은 것보다는 그래도 나은 것이 아니겠는가.

신앙생활은 노후 생활에 있어서 위로와 평안을 주는 큰 힘이 된다.

4.

잠시 서서
생각해 보자

《경기노인복지신문》칼럼 2023.5.8.

인간은 이유 없이 살아가는 존재가 아니다. 삶의 의미를 깨달아야 한다. 삶의 의미를 깨닫지 못한 삶은 벌레의 삶이나 다를 것이 없다. 오래 살아도, 건강하게 살아도, 부유하게 산다 해도 삶의 의미를 깨닫지 못한다면 존재의 의미가 없다. 인간은 경쟁하는 존재다. 요람에서 무덤까지 경쟁하는 존재다. 경쟁 때문에 존재의 의미를 망각하고 산다. 목표를 향해 달리기를 하는 것과도 같다. 목표만을 바라보고 질주한다. 그래서 착각을 한다. 달리는 목표가 삶의 목표로 착각한다. 달리는 목표는 과정의 목표일 뿐이다. 삶의 목표와 과정상의 목표를 착각한다. 이유는 경쟁하기 때문이다. 경쟁은 욕심이다. 욕심 때문에 경쟁하게 되고 경쟁 때문에 삶의 목표를 혼돈하게 된다.

잠시 멈춰 서서 생각해 보자. 왜 경쟁해야만 하는지, 왜 달려야만 하는지, 그럴 이유가 있는지를 생각해 봐야 한다. 경쟁할 이유가 없음을 알게 되고 삶의 목표가 아님을 알게 된다. 삶의 의미를 깨달아야 한다.

삶의 의미를 깨닫는다면, 그렇다면 근심하고 걱정할 수 없다.

어떠한 어려움과 고난에도 불구하고 근심하고 걱정할 수 없다. 근심하고 걱정하고 있다면 아직은 삶의 의미를 깨닫지 못하고 있는 것이다.

삶의 의미를 깨닫는다면, 그렇다면 원망하고 저주할 수 없다.

어떠한 미움과 아픔에도 불구하고 원망하고 저주할 수 없다. 원망하고 저주한다면 아직은 삶의 의미를 깨닫지 못하고 있는 것이다.

삶의 의미를 깨닫는다면, 그렇다면 이해하고 용서하지 않을 수 없다.

어떠한 잘못과 실수에도 불구하고 이해하고 용서하지 않을 수 없다. 이해하고 용서하지 못한다면 아직은 삶의 의미를 깨닫지 못하고 있는 것이다.

삶의 의미를 깨닫는다면, 그렇다면 감사하지 않을 수 없다.

어떠한 고난과 시련에도 불구하고 감사하지 않을 수 없다. 감사하지 못한다면 아직은 삶의 의미를 깨닫지 못하고 있는 것이다.

삶의 의미를 깨닫는다면, 그렇다면 기뻐하지 않을 수 없다.

어떠한 고통과 시련에도 불구하고 기뻐하지 않을 수 없다. 기뻐하지 못한다면 아직은 삶의 의미를 깨닫지 못하고 있는 것이다.

삶의 의미를 깨닫는다면, 그렇다면 사랑하지 않을 수 없다.

그 어느 누구도, 원수까지도 사랑하지 않을 수 없다. 사랑하지 못한다면 아직은 삶의 의미를 깨닫지 못하고 있는 것이다.

삶의 의미를 깨닫는다면, 그렇다면 남을 위한 삶을 살지 않을 수 없다.
그 어느 누구도 용서하지 않을 수 없고, 그 어느 누구도 사랑하지 않을
수 없으며, 나를 위한 삶이 아닌 남을 위한 삶으로 나를 버리고 내어주
는 사랑의 삶을 살지 않을 수 없다. 그럼에도 불구하고 그렇게 살 수 없
다고 한다면, 그렇다면 아직은 삶의 의미를 깨닫지 못하고 있는 것이다.

삶의 의미를 깨달아야 한다. 달리는 길에서 잠시 멈춰 서서 생각해 봐
야 한다. 그리고 깨달아야 한다. 삶의 의미를 깨달아야 하고 존재의 의
미를 깨달아야 한다. 깨닫지 못한다면 벌레의 삶이나 다를 것이 없다.

5.

사랑하기
위해서다

《경기노인복지신문》칼럼 2023.5.1.

우리는 오늘도 각자의 삶을 위해 열심히 살아간다.

그런데 열심히 살아가는 삶의 가치는 무엇인지, 존재의 가치는 무엇인지를 생각해 본다.

이유 없이 인간들이 존재하는 것은 아니지 않는가. 이유 없이 살다가, 이유 없이 죽어 흙에 묻히면 되는 그런 삶이 아니지 않는가. 우리의 삶에는 분명한 이유와 목적이 있고, 그 이유와 목적을 완성해 가야 하는 삶이 아닌가.

돈을 많이 버는 것이 가치의 삶인가. 권력을 쥐는 것이 가치의 삶인가. 아니면 명예를 얻는 것이 가치의 삶인가.

아니다. 그것은 아니다. 분명 그런 것은 아니다. 그렇다면 무엇 때문일까. 무엇 때문에 열심히 살아가는 이유가 되는 것일까. 사랑하기 위해서다. 사랑하기 위해서 인간은 존재한다. 사랑 이상의 다른 가치가 있을 수 있는가. 없다. 인간은 사랑하기 위해서, 사랑을 완성하기 위해서 존재한다. 부자는 가난한 이들을 사랑할 수 있어야 하고, 권력이 있는 자는 약한 이들을 사랑할 수 있어야 하며, 힘든 이들, 고통받는 이들, 병든 이들을, 그리고 모든 이들이 서로 사랑할 수 있어야 한다. 그것이 존재의 의미고 가치의 삶이다. 그렇지 않다면 그것은 의미 없는 삶이고, 존재의 필요성이 없는 삶이다. 사랑하기 위해서 인간들은 존재 한다. 아끼고 도와주고 사랑하기 위해서, 그것을 완성하기 위해서 존재하는 것이다.

돈과 명예와 권력은 나를 위해 존재하는 것이 아니라 남을 위해 존재해야 한다. 그것을 깨달아야 한다. 그것을 깨닫고 배우고, 익히고, 훈련해 가는 것이 우리의 삶이다.

그러나 그러한 깨달음도 저절로 또는 쉽게 이루어지는 것은 아니다. 값진 과정을 거쳐야 깨닫게 되고 성숙되어진다. 값진 과정이란 바로 시련과 고통의 과정이다. 시련과 고통 없이는 가치를 깨달을 수 없고 성숙될 수 없다. 아팠던 것만큼 아픈 사람을 이해할 수 있고, 힘들었던 것만큼 힘든 사람을 사랑할 수 있다. 아픔을 모르고는 아픈 사람을 이해할 수 없고 고통을 모르고는 고통받는 사람을 사랑할 수 없다. 진정한 사랑을 할 수 없다.

오늘도 우리는 이유 있는 삶의 성숙을 위해, 또는 완성을 위해 단련돼 가고 있다.

인간은 어느 누구도 귀하고 소중하지 않은 사람이 없다. 귀한 사람이던 천한 사람이던 무한의 가치를 가지는 존귀한 존재들이 아닐 수 없다. 존재한다는 것 자체만으로, 선택되어졌다는 것 자체만으로 귀중한 존재들이다. 서로 사랑해야 한다. 아끼고 나누고 도와줘야 한다.

이제까지 나만을 위해 살아온 삶에서, 남을 위한 삶으로 조금씩 변화돼 가고 성숙돼 가야 한다.

그것이 바로 오늘을 살아가는 삶의 가치고, 존재의 이유며, 삶의 목적이다.

6.

성공한 삶과
실패한 삶

《경기노인복지신문》 칼럼 2023.4.24.

내 중심적 삶에서 남을 향한 삶으로 옮겨 가야 한다. 그것이 살아가는 삶의 이유고 삶의 완성이며 사랑의 완성이다. 우주 만물의 존재함도, 인간들의 존재함도 이것을 완성하기 위함이다. 남을 향한 삶으로 옮겨 가는 삶이 바로 지혜의 삶이고 이유 있는 삶이며 깨달음의 삶이고, 남을 향한 삶으로 옮겨 가는 삶이 성공한 삶이고 값진 삶이며 남을 향한 삶으로 옮겨 가는 삶이 거룩한 삶이고 완성된 삶이다.

부를 얻었다고 해서 성공한 삶이 아니고, 권력을 쥐었다고 해서 성공한 삶이 아니며, 명예를 얻었다고 해서 성공한 삶이 아니다. 근심 걱정이 없다고 해서 성공한 삶이 아니고, 건강이 충만하다고 해서 성공한 삶이 아니며, 오로지 나만을 위해 산 삶은 의미 없는 삶이고 실패한 삶이다.

그렇다면 남을 향한 삶이란 어떤 삶인가. 남을 향한 삶이란 반드시 물질적이거나 대단하고 엄청난 일만은 아니다. 생각과 마음이 남을 향한 삶으로 지향돼 가고, 일상의 생활이 나를 위한 삶에서 남을 위한 삶으로 조금씩 변화돼 가는 삶이 바로 남을 향한 삶이다.

잠자리에서 눈을 떴을 때 오늘 하루 남을 위해 무엇을 할 수 있는지를 생각할 수 있고, 아침 기도 시 오늘 하루 남을 향해 좀 더 생각할 수 있는 하루가 될 수 있도록 간구할 수 있다면 바로 남을 향한 삶의 시작이다.

출근하는 버스나 전철에서 만나는 주변 사람들에 대해서도 밝은 미소라도 전할 수 있고, 자리라도 양보할 수 있으며, 구걸하는 이들에겐 어색한 분위기 때문에 기회를 놓치지 않기 위해서라도 잔돈이라도 미리 준비해 놓을 수 있는 삶이 바로 남을 향한 삶이다.

직장에서는 동료들을 향해 무엇을 이해하고 협조해 줄 수 있는지를 생각할 수 있고, 길에서 만나는 무수한 사람들을 향해서도 그들을 위한 열린 마음으로 그리고 준비된 마음으로 그들을 생각할 수 있으며, 오늘 하루도 누군가를 위해 축복을 빌어 줄 수 있다면 그것이 또한 남을 향한 삶이다.

남을 향한 마음과 생각만으로도 우리의 삶은 달라질 수 있다.
생각의 바꿈 그리고 열린 마음으로 남을 향한 마음이 비록 작은 것일지는 모르지만 세상을 살아가는 삶의 가치와 의미를 달라지게 하고, 잘산 삶이냐 잘못 산 삶이냐 성공한 삶이냐 실패한 삶이냐 하는 가치의 차이를 가져오게 할 것이다.

우리의 삶은 아무 이유 없이 세상에 던져진 삶이 아니라 바로 영원한 가치인 '사랑의 완성'을 위해 부름을 받은 준비된 삶들이다.

남을 향해 살아가야 한다. 그리고 남을 위해 살아가야 한다.

나만을 위해 산 삶은 실패한 삶이 된다.

7.

존재의
의미

《경기노인복지신문》칼럼 2023.4.17.

필자는 힘들고 어려울 때마다, 또는 좌절하고 포기하고 싶을 때마다 스스로에게 불평도 했다.

"내가 무엇을 잘못했는가. 나에게 왜 이러한 시련이 오는 것인가. 공직자로서 법대로 규정대로 사회 규범대로 양심껏 살려고 노력해 오지 않았는가. 내가 누구에게 사기를 쳐 본 적이 있는가. 아니면 공직을 빙자해서 불법, 부당한 일을 해 본 적이 있는가. 누구를 헐뜯은 일이 있는가. 이 정도의 생활이면 되는 것 아닌가. 나보다도 더 형편없이 사는 사람들이 얼마나 많은데. 내가 무엇을 잘못했는가." 하고 원망하며 항변했다.

그래도 이 정도 생활하고, 더욱이 큰 죄 안 짓고 생활하고 있으면 잘하고 있는 것이라 생각했고, 그래서 '나는 잘하고 있는데 왜 이런 시련이 오는 건가.' 하고 원망하고 있었다. 그런데 그렇게 생각했던 그것이 아주 잘못된 생각임을 알게 됐다.

죄를 짓지 않아서 잘못한 것이 없는 게 아니라, '할 일을 하지 않았기 때문에' 잘못이 있는 것이다.

인간은 '무엇인가를 하기 위해' 존재하는 존재다. '하지 않기 위해' 존재하는 것이 아니다. 죄를 짓지 않기 위해 존재하는 것이 아니고, 잘못하지 않기 위해 존재하는 것이 아니다. '하지 않는다는 것'은 존재의 의미가 없고 존재하지 않는 것과 같다. 인간은 적극적으로 '하기 위해' 존재하는 존재다. 아끼고 보살피고 나누고 베풀고 사랑하기 위해 존재하는 존재다. 그것이 존재의 의미다. 죄를 짓지 않았기 때문에 잘한 것이 아니라 적극적으로 할 것을 하지 않은 것이 잘못이고 죄가 된다. 가만히 앉아 있는 나무와 돌은 죄를 짓지 않는다.

법과 규정은 인간관계 유지를 위해 필요하다. '살인하면 안 된다.', '도둑질하면 안 된다.' 등의 모든 계명들이 다 인간들 간의 관계와 유지를 위해 필요하다. 그런데 윤리법규를 잘 지켰다고 해서, 사회 질서를 잘 지켰다고 해서 할 일을 다 한 것은 아니지 않는가.

학생이 교칙을 잘 지켰다고 해서, 또는 회사원이 사칙을 잘 지켰다고 해서, 할 일을 다 한 것은 아니지 않는가. 교칙과 사칙을 지키는 것은 물론이고, 학생이면 공부를 잘해야 하고, 회사원이면 생산을 위해 열심히 일해야 하며, 정치인은 자신이 아닌 국민을 위해 열심히 일해야 한다.

즉, 법을 지키는 일과 해야 할 일은 별개의 것으로 법을 지켰기 때문에, 죄를 짓지 않았기 때문에 할 일을 다 한 것이 아니라, 마땅히 해야 할 일을 하지 않은 것이 잘못이고 죄가 된다.

해야 할 일은 사랑이다. 사랑하고 사랑을 완성해 가는 일이 인간들이 해야 할 일이고, 그 일을 하기 위해 인간은 존재하는 것이다.

사랑하지 않고 용서하지 않으며 나누고 도와주지 않으면 그것이 잘못이고 죄다.

적극적 삶을 살아가야 한다. 수동적 또는 소극적 삶이 아닌, 적극적이고 능동적인 남을 위한 삶을 살아야 한다. "힘든 형제들을 위해, 어려운 이웃들을 위해, 소외된 이들을 위해, 무엇을 했습니다."라고 얘기할 수 있는 적극적 사랑의 삶을 살아야 한다. 죄만을 짓지 않기 위한 소극적 삶이 아닌, 적극적 사랑의 삶을 살아가야 한다.

필자는 이제까지 잘못만을 하지 않기 위한 소극적 삶을 살았으면서도, 그것을 자랑으로 생각하며 항변했다. 우리는 "큰 죄를 짓지 않고 살아왔습니다."라고 자랑스럽게 얘기할 것이 아니라, "무엇을 하며 살아왔습니다."라고 얘기할 수 있어야 한다.

8.

최선의 삶이
아름답다

《경기노인복지신문》칼럼 2023.4.3.

우리는 남을 의식한다. 그런데 지나친 남에 대한 의식은 교만이 된다. '나를 어떻게 생각할까.', '이렇게 생각하는 것은 아닌가.', '나는 그렇지 않은데.' 하며 갈등한다. 또한 상대적인 단점과 부족함을 가지고 살아간다. 그래서 사람들 앞에서 자신의 단점이나 치부를 보일 때가 있고, 치부를 보인 것에 대해 고민하고 괴로워하는데 그것 또한 좋은 것만을 나타내고 내세우려 하는 교만의 마음 때문에, 갈등하고 번뇌하게 되는 것이다.

상대적 부족함은 부족함이 아니다. 예를 든다면 상대방은 키가 크다. 그런데 나는 그렇지 못하다. 세상에는 화려한 꽃들만 있는 것이 아니고 하찮아 보이는 작은 꽃들도 있다. 그렇다면 하찮아 보이는 작은 꽃들은 버려진 꽃들인가. 존재의 의미가 없는 꽃들인가. 그렇지 않다. 세상에 화려한 꽃들만 있다면 아름다움은 완성될 수 없고, 화려한 꽃의 아름다움은 그렇지 않은 꽃들의 다른 아름다움이 있기에 완성된다. 화려한 꽃만이 아름다운 꽃이 아니다. 장미꽃만 아름다운 꽃인가. 안개꽃은 버려진 꽃인가. 화려함과 아름다움은 같은 것이 아니고 화려하지는 않지만 다른 진정한 아름다움의 가치를 가지고 있다.

세상에는 잘난 사람, 못난 사람, 완벽한 사람, 완벽하지 못한 사람들이 공존한다. 그런데 잘난 사람, 완벽한 사람만이 중요하지 않다. 똑같이 중요하다. 더 중요하고 덜 중요하지가 않다.

온몸이 다 눈이라면 들을 수 없고, 온몸이 다 귀라면 볼 수 없다. 우리의 몸은 각각 다른 지체를 가지고 있고 그래서 완성된 한 몸을 이룬다. 손은 손으로서의 가치가 있고, 발은 발로서의 가치가 있다. 손이 발의 역할을 하려 해서는 안 되고, 발이 손이 한 만큼의 일을 하지 못한 것에 대해 갈등해서도 안 된다. 조각난 벽돌 한 장이 없다면 건물이 완성될 수 없듯이 나의 부족함이 결코 부족함이 아니고 완성에 없어서는 안 될 중요한 가치다.

세상은 완성을 위한 조화이고, 조화가 없다면 세상은 완성될 수 없다. 부족함은 부족함으로써의 가치가 있다.

중요한 것은 자신의 위치에서 존재적 가치를 깨닫고 그 가치를 위해 최선을 다하는 삶이 중요하다. 부족하다고 해서 못났다고 해서 최선을 다할 일이 없는 것이 아니고, 부족하니까 못났으니까 할 일이 없는 것이 아니다. '나는 못났으니까. 나는 부족하니까. 나는 가진 것이 없으니까.' 하고 포기하고 주저앉아 있다면 그것이 잘못이다. 부족하지만 최선을 다하는 것 그것이 선이고 아름다움이고 최고의 가치다.

세상의 어느 작은 것 하나라도 필요가 없어 버려질 대상은 없고, 가치가 없어 버려질 대상은 없다. 부족함에 대하여 감출 일이 없고 고민할 이유가 없으며, 갈등하고 괴로워할 이유가 없다. 존재의 의미와 가치를 깨닫고 최선의 삶을 살아가는 삶만이 가치의 삶이고, 아름다운 삶이며, 완성된 삶이다. 최선의 삶을 살아가야 한다.

9.

숨겨 두어야
한다

《경기노인복지신문》 칼럼 2023.4.10.

"자선을 베풀 때에는 위선자들이 사람들에게 칭찬을 받으려고 회당과 거리에서 하듯이 스스로 나팔을 불지마라. 내가 진실로 너희에게 말한다. 그들은 자기들이 받을 상을 이미 받았다."; "자선을 베풀 때에는 오른손이 하는 일을 왼손이 모르게 하여라. 그렇게 하여 네 자선을 숨겨 두어라. 그러면 숨은 일도 보시는 네 아버지께서 너에게 갚아 주실 것이다."

성서에 나오는 얘기다.

행하는 자선을 세상에 나팔 불지 말고 감추고 숨겨 두라는 얘기다. 스스로 나팔을 불어 세상에 알려지게 되고 사람들로부터 칭찬과 보상을 받게 되면, 받을 상을 이미 받았으므로 하늘에서는 별도로 보상해 줄 일이 없다는 얘기다.

우리가 살아가면서 세상에 나팔을 불지 말고 참고 숨겨 두고 인내해야 할 일들이 또 있다. 참고 숨겨 두지 못하고 세상에 알려지게 함으로 하늘로부터 받을 위로와 보상을 이미 받게 될 일들이 또 있다는 얘기다.

살아가면서 힘들고 괴로울 때가 있고 그래서 불평불만할 때가 있다. 그러나 불평불만해서는 안 된다. 참고 인내해야 한다. 힘들다고 해서, 괴롭다고 해서 참고 인내하지 못하고 불평불만을 토해 버린다면 그렇다면 칭찬받을 일이 있겠는가. 없다. 힘들고 괴롭더라도 참고 인내하며 불평불만을 숨겨 두었을 때, 그때 하늘로부터 칭찬받게 되지 않을까.

때로는 화낼 일이 있다. 그러나 화를 내서는 안 된다. 참고 인내해야 한다. 잘못했다고 해서, 화난다고 해서 참고 인내하지 못하고 화를 내어 버린다면, 그래서 상대방이 힘들어지게 된다면 칭찬받을 일이 있겠는가. 없다.

화낼 일을 참고 숨겨 두었을 때, 그때에 하늘로부터 칭찬받게 되지 않을까.

원통하고 분해서 울분을 토할 때가 있다. 그러나 울분을 토해서는 안 된다. 참고 인내해야 한다. 원통하다고 해서, 분하다고 해서 가슴을 치며 울분을 토해 낸다면, 그래서 세상에 알려지게 된다면 칭찬받을 일이 있겠는가. 없다.

원통하고 분하고 섭섭한 일들을 참고 숨겨 두었을 때, 그 때에 하늘로부터 칭찬받게 되지 않을까.

할 말을 다하고 싶을 때가 있다. 그러나 할 말을 다 해서는 안 된다. 참고 인내해야 한다. 분하다고 해서, 억울하다고 해서 할 말을 다 해 버린다면, 그래서 세상에 전파되고 사람들에게 알려지게 된다면, 칭찬받을 일이 있겠는가. 없다.

할 말을 참고 숨겨 두었을 때, 그때에 하늘로부터 칭찬받게 되지 않을까.

미워하고 저주하고 싶을 때가 있다. 그러나 미워하고 저주해서는 안된다. 참고 인내해야 한다. 밉다고 해서, 화난다고 해서 욕하고 미워하고 저주해 버린다면, 칭찬받을 일이 있겠는가. 없다.

미워하고 저주하고 싶은 일들을 참고 숨겨 두었을 때, 그때에 하늘로부터 칭찬받게 되지 않을까.

지금 당장 위로받고 보상받으려 해서는 안 된다. 숨겨 두고 참고 인내해야 한다. 칭찬받을 일을 쌓아 놓아야 한다. 참지 못하고 인내하지 못하고 나팔을 불어 세상에 알려지게 되고, 그래서 사람들로부터 위로와 보상을 이미 받게 된다면 하늘이 우리를 위해 따로 위로하고 변호하고 보상해 줄 일이 없다.

부족하고 불만스럽더라도, 힘들고 고통스럽더라도, 분하고 억울하더라도, 부끄럽고 창피하더라도 지금 당장 보상받으려 하거나 인정받으려 해서는 안 되고, 모든 것을 참고 숨겨 두었을 때 그때에 하늘로부터 인정받고 위로받고 보상받게 된다는 얘기다.

지금 당장 위로와 보상을 받으려 한다면, 하늘로부터는 무엇을 바라고 무엇을 기도할 것인가. 참고 인내해야 한다. 참고 숨겨 두어야 한다. 칭찬받을 일을 쌓아 놓아야 한다. 변명할 수 있는 거리를, 주장할 수 있는 꺼리를 숨겨 두어야 한다. 그래야 그때에 하늘로부터 더 좋은 것으로 위로와 보상을 받게 될 것이다.

10.
잘못된
공직자

《경기노인복지신문》 칼럼 2023.3.27.

나라 안팎이 온통 시끄럽다. 나라인지 아닌지 모르겠다. 단군 이래 이 렇게까지 시끄러웠던 적이 있었던가. TV 틀기가 무섭고, 허구한 날 싸 우는 모습들이 보기도 싫다. 어느 특정인을 편들자는 얘기도 아니고, 어 느 한 사람의 잘잘못을 얘기하자는 것도 아니다. 국회 자체가 그렇다.

이성을 잃은 사람들 같고 양심이 없는 사람들 같다. 어떻게 저럴 수 있을까. 저런 사람들이 어떻게 공직자고 지도자라 말 할 수 있을까. 자 신은 돈 한 푼 받지 않아서 잘못한 것이 없다고 한다. 뻔뻔스럽다.

공직자는 돈을 안 받아서 잘못한 게 없는 게 아니라, 할 일을 하지 않 은 것이 잘못이고 죄가 된다. 할 일이란 바로 국민을 기준으로 국민을 위한 일이다. 공직자는 자신이 기준이 아닌, 국민이 기준이 돼야 한다.

보도됐던 다른 한 정치인이 생각난다. 측근이 특혜를 주는 대가로 불 법 자금을 받고 구속됐다. 그 정치인은 측근이 구속되자 곧장 기자회견을 열어 "국민 여러분께 무릎 꿇고 사죄드린다."고 했다. "모두 책임은 나에게 있다. 감옥에 가더라도 내가 가야 한다."고 했다. 측근들이 돈을 받은 사실을 알았느냐는 질문에 "알았냐, 몰랐냐는 중요하지 않다. 선거에서 뛴 사람들이 한 일은 모두 후보를 위한 것."이라고 했다. 이것이 공직자의 자세가 아닌가 생각된다. 전자는 자신이 기준인 사람이고 후자는 국민이 기준인 사람이다. 자신이 기준인 사람은 자신의 잘못을 모른다.

더욱 이해 안 가는 것은 지지하는 층의 사람들이다. 무조건 옳다고 주장하고 우긴다. 목숨을 걸고 죽자 살자 하고 덤벼든다. 사법적 결론을 기다리면 될 일이지, 잘잘못을 가리기도 전에 주장부터 내세운다. 분명한 잘못이 있는데, 본인은 그 잘못을 알고 있는데 말이다. 사람들은 그러한 것을 민주주의라고 한다. 다양한 목소리로 주장하는 것이 민주주의라고 한다. 그러나 민주주의는 주장만 하는 것이 아니라 상대방의 의견을 들을 수 있는 것이 민주주의다.

서로 주장만 한다면 분열된다. 분열은 멸망이다. 역사가 말해 주고 있다.

필자가 아는 한 사람을 얘기한다. 그는 공직자로서 한때 가족의 실수로 경제 파산이 됐고 그로인해 신용불량자가 됐다. 당시 민주노총과의 노사 문제로 갈등 관계에 있었고 민주노총에서는 그가 신용불량자임을 알게 되자 즉시 청와대와 감사원 등에 공개적으로 통보했다. 물론 신용불량이 죄를 지은 것도 아니고 법과 규정을 위반한 것도 아니다. 가족의 실수로 신용불량이 됐지만 그렇지만 신용불량자가 공직의 책임자로, 특히 금융관련 업무에 근무한다는 것이 오해의 소지가 있다고 생각해 공개 즉시 사표를 냈다. 물론 해당 부처에서는 적극 만류했지만 그러나 그것도 경제 파산 중에서 사표를 낸 것이다. 자신이 아닌 국민이 기준이 돼야 했기 때문이다.

또 요즘 고위공직자 중에는 본인도, 자식도 군대에 안 간 사람들이 많다. 될 수 있으면 군대에 안 가려고 한다. 물론 타당한 이유야 있겠지만, 그런데 앞서 말한 그 공직자는 자식이 군에서 훈련 중 허리를 다쳐 의병 제대를 하게 될 것이라는 군의관의 연락을 받고 당부했다고 한다. "군의관님, 치료를 받고 남은 군 생활에 지장이 없다면 원대 복귀 시켜 달라."고. 아울러 "이 얘기는 자식에게는 하지 말아 달라."고까지 하면서 말이다. 그러면 그 공직자는 바보인가? 천치인가? 바보 천치라 해도 그 공직자의 가치관은 지금도 바뀌지 않을 것이다.

공직자는 자신이 기준이 돼서는 안 된다. 당장은 배부르고 따뜻할지는 모르지만 평안하지는 않다. 국민이 기준이 돼야 한다. 춥고 배고플지 모르지만 그러나 평안하다. 그리고 어떠한 물리적 힘도 이겨 낼 수 있는 의지력과 힘도 생기게 된다. 그것이 가치의 삶이다. 공직자는 국민이 기준이 돼야 한다.

11.

지혜의
삶

《경기노인복지신문》칼럼 2023.3.6.

　인간은 겸허할 수밖에 없는 존재들이다. 세상에는 티끌만한 것 하나라도 우연히 생겨날 수 있는 것은 없고, 또한 스스로 존재할 수 있는 것도 없다. 과학은 창조가 아니라, 창조물의 발견일 뿐이다. 무한의 시간과 공간은 인간들이 교만하지 않고 겸허히 욕심부리지 말라는 이유다. 교만의 마음을 가지고는 무한의 시간도, 무한의 공간도, 그리고 그 속에 작은 내 자신도 발견할 수 없다. 인간들은 아무리 많은 지식과 재물과 권력을 가졌다 하더라도, 공허와 빈자리와 외로움을 느끼는 나약한 존재들이다. 이유는 자신의 존재를 모르는 존재들이기 때문이다. "죽은 다음에 흙에 묻혀 버리고 말면 그만이지."라고 쉽게 죽음을 얘기해서도 안 된다. 그러한 것처럼 바보스러운 얘기도 없다. 내 자신이 내 마음대로 세상에 온 것이 아니듯, 죽음의 세계 또한 내 마음대로 할 수 있는 것이 아니기 때문이다. '인간은 오로지 겸허할 수밖에 없는 존재들'이다.

두 번째, 세상을 살아가는 데에는 누구의 삶에나 고통과 아픔이 있다. 고통이 없는 삶은 없다. 그런데 살아가면서 맞게 되는 고통과 아픔들 때문에 귀중한 생명을 잃고 버리는 일들이 있다. 그것은 안 되는 일이다. 생명은 우주와 시간 속에 단 하나밖에 없는, 단 한 번밖에 없는 엄중한 존재들이다. 더욱이 삶을 마음대로 포기하고 버릴 수 없는 중요한 이유는 삶과 죽음이란 것이 무엇인지도 모르는데, 모르는 것을 마음대로 무책임하게 아무렇게나 포기하고 버린다는 것은 어리석고 위험한 행위이기 때문이다. 고통과 아픔은 있어야만 한다. 그것을 통해서만 삶의 가치를 이루어 낼 수 있고 삶은 성숙되어 간다.

고통과 아픔은 인간 세계에만 있는 것이 아니다. 동물의 세계에도 있다. 고통과 아픔은 동물 세계에만 있는 것이 아니라, 풀잎 밑 작은 곤충의 세계에도 있다. 고통과 아픔은 처자식이 있는 가정생활에만 있는 것이 아니라, 혼자 사는 성직자의 삶에도 있다. 그것이 고해(苦海)고 십자가다. 그것이 삶이고 인생이다. 그 속에서 성숙되고 완성되어 간다. 고통과 아픔의 가치다. 어떠한 고통과 아픔이 오더라도 두려워하거나 겁내지 말고, 성숙의 과정임을 깨닫고 당연한 마음으로 받아들일 수 있어야 한다.

셋째로, 우리의 삶은 바로 그러한 과정을 통해서 성숙되고 완성되며 그렇게 해서 성숙된 삶, 이제까지 '나만을 위해 살아온 삶에서 남을 위한 삶으로 옮겨가는 삶'이 돼야 한다. '사랑할 수 있는 삶'이 돼야 한다. 그것이 바로 완성된 삶이고, 가치의 삶이며, 성공한 삶이고, 후회 없는 잘 산 삶이다. 그러한 삶을 사는 것이 세상에 태어난 이유의 삶이다.

그러므로 삶의 최종 목표는 결국 '나를 위한 삶이 아닌, 남을 위한 삶'이
되는 것이다.

　우리의 삶은 아무 이유 없이 세상에 던져진 삶이 아니다. 이유 없이
태어나서 이유 없이 죽고, 이유 없이 흙에 묻혀 사라져가는 삶이 아닌,
분명한 이유와 목적이 있는 삶이다. 그 이유와 목적에 맞는 삶을 살아
가야 한다.

12.
성직자의
뺑소니

《환경저널》칼럼 2023.2.27.

2.11일자 보도에 의하면 술을 마시고 운전하다 고속도로에서 사고를 낸 후 도주한 신부에게 벌금 1000만 원이 선고됐다고 한다.

지난해 7월 11일 오후 면허 취소 수준인 혈중알코올농도 0.106%의 상태로 고속도로를 지나가다 승용차를 들이받았고, 이후 정차하지 않고 계속 운전을 이어 가다가 또 다른 차량 한 대를 들이받고 도주했다. 피고인은 과거에도 음주 운전 전력이 1회 있다고도 보도됐다.

이 기사를 접하고 어떻게 이럴 수가 있는가 하는 생각이 들었다. 한마디로 신부가 만취해 사고를 내고 뺑소니 쳤다는 얘기다.

성직자는 말 그대로 거룩한 일을 하는 사람들이다. 그런데 기사 내용만으로 봤을 때 양심 없는 불량자가 사고 친 후 뺑소니치는 잡범들과 다를 것이 없다. 일반 사람들도 이 정도는 하지 않는다. 성직자는 교회 내에서는 권위를 부여받은 지도자이고 또한 사회적으로도 존경받아야 하는 정신적 지도자다. 아니면 존경은 받지 못한다 할지라도 비난은 받지 않아야 할 사람들이다. 그런데 어떻게 이런 일이 있을 수 있는지 할 말을 잊게 한다. 사회법도 지키지 않는 사람이 어떻게 하느님의 법을 가르칠 수 있는지, 성직은 단순히 권위만 주어진 것이 아니라 책임과 의무가 주어졌다. 권위를 부여받은 것만큼 더 큰 책임과 의무가 주어졌다. 성직자의 잘못된 행동은 교회 공동체를 욕되게 하고 또한 하느님을 욕되게 한다.

그렇다고 이들의 인간성까지 부정하는 것은 아니다. 실수도 할 수 있고 당연히 잘못도 할 수 있다. 그렇지만 무슨 실수를 또한 어떤 잘못을 어떻게 했느냐가 중요하다. 잘못을 할 수는 있지만 상식적으로 이해될 수 있고 인정될 수 있어야 한다. 성직자들이 왜 이러는 건지, 개인적 문제인지 아니면 교회제도 운용상 문제인지 교회는 생각해 봐야 한다.

천주교에서는 술을 허용하고 있다. 그러나 그것은 어디까지나 음식으로서의 허용이지, 술 먹고 취하라는 얘기는 아니다. 성서 어디를 봐도 술 먹고 취해도 된다는 말은 없다. 술 취하지 말고 술을 보지도 말라 하고 있다. 그런데 이러한 분들은 "술 취하지 말라."는 부분에 대해서는 못 본 척 애써 외면하는 것만 같다. 또한 많은 성직자 중 한 사람의 일탈이라고도 할 수 있으나, 성직자 한 사람의 잘못은 교회 전체의 잘못으로 비춰진다. 그러므로 천주교에서도 술을 안 먹는 것이 어떤지 생각해 본다(인간의 나약성 때문에).

성서는 분명히 술은 먹지도 말고 보지도 말라고 하고 있기 때문이다.

술에 취해서 안 되는 이유로는, 물론 술 자체가 죄는 되지 않는다 하더라도, 성직자들의 영혼은 누구보다도 깨끗하고 맑아야 한다. 육신의 아버지에게도 술 취한 영혼의 모습은 죄스럽다. 하물며 어떻게 맑고 깨끗한 영혼이 아닌 술 취한 영혼의 모습으로 기도할 수 있겠는가. 또한 믿음이 술에 의존하는 나약한 믿음이 돼서는 안 된다.

외롭다고 해서, 쓸쓸하다고 해서 술에 의존하는 믿음이라면 그것은 믿음이 아니지 않는가. 술에 의존하는 믿음이라면 그것은 믿음도 신앙도 아니다.

술을 먹어서 안 되는 또 하나의 이유로는 술을 먹게 되면 이성이 흐려지게 되고, 이성이 흐려지면 의지력 또한 약해지며, 의지력이 약해지면 결국 죄를 지을 수 있다.

모든 그리스도인은 알코올에 취해 비틀거리는 것이 아니라, 믿음에 취해야 되는 것이 아닌가. 물론 인적(人的) 교회는 완전할 수는 없다. 그러나 완성을 위해 스스로 성찰하고, 교회가 사회에 해야 할 일들을 제대로 하고 있는지 끊임없이 반성하고 변화해 나가지 않으면 안 될 것이다.

13.

헤어질
결심

《환경저널》칼럼 2023.2.20.

우리나라의 이혼 건수는 2021년도 기준 10만 2천 건으로, 조(粗)이혼율(인구 1천 명당 이혼 건수)은 2.0건으로 나타나고 있다. 단연 OECD국 중 상위 9위이고 아시아권에서는 1위국이다.

이혼은 상처다. 이유야 어떻든 이혼은 불행과 아픔 자체가 아닐 수 없다.

이러한 얘기를 하면 고루(固陋)하다고 생각할지 모르겠다. 그리고 뭇매를 맞을 것만 같은 생각도 들어간다. 인터넷에는 이러한 얘기들이 떠돌아다니기 때문이다.

"더 이상 이혼은 흠이 아니다. 이혼을 손가락질하던 시대는 전근대적 사고방식이고, 구석기 시대 유물이라고 할 수 있다. 힘든데 참고 사는 게 바보다." 등.

이혼에 대한 사회적 인식이 많이 바뀌었다.

그렇다고 해서 이것을 시대의 변화로만 볼 것인지는 생각해 봐야 한다. 결혼은 둘을 하나로 묶는 것이다. 그래서 부부는 하나가 된다. 분리의 대상이 아니라 나 자체다. 부부에 대한 생각과 행동은 거기서부터 출발해야 되지 않을까 생각한다. 그러므로 부부란 사랑의 대상이 아니고, 이해와 용서의 대상이 아닌 나 자체다.

이 얘기는 자기 자신을 사랑하지 않는 사람이 있겠는가 하는 얘기다. 물론 부부가 서로 사랑하지 말라는 얘기가 아니고 단지 상대적으로 분리해서 생각하지 말자는 얘기다. 부부는 하나이기 때문이다.

너와 나와의 관계로 생각하니, 이해받기 원하고 사랑 받기 원하며 그러지 못했을 때 아파하고 갈등한다.

요즘에는 너무나도 쉽게 헤어지고 갈라서기를 한다. 결코 행복할 수 없다. 물론 언젠가는 치유될 수 있겠지만 몸이 찢겨진 아픔은 오래도록 남아 있을 것이고, 상처와 아픔은 영원할지도 모른다.

신혼부부가 처음부터 갈라설 생각을 하고 재산도 분리해서 관리한다고 한다. 처음부터 헤어질 결심을 하고 있는 것이다. 행복할 수 있을까.

어떤 분들은, 이혼을 금기시하는 이유가 유교적 관습 때문이라고도 한다. 그런데 그렇지 않다. 종교적으로 얘기한다면 그리스도교도 마찬가지다. 종교뿐만이 아니라 인간의 도리가 그렇다. 성서에는 이런 내용이 있다. "자식은 부모를 떠나 제 아내와 한 몸을 이룬다. 이렇게 하느님께서 짝 지어주신 것을 사람이 결단코 다시는 갈라놓을 수 없다." 갈라선다면 몸의 일부가 잘리는 아픔인 것이다.

그러면서 그들은 또 말한다. 세상은 변한다고 얘기한다. 생각도 변하고 문화도 변한다고 한다. 그러기에 결혼 문화도, 이혼 문화도 변하는 것이라고 얘기한다. 그렇지만 변하지 않는 것도 있다. 원칙과 진리는 변하지 않는다. 인간의 기본 도리와 양심은 변하지 않는다. 흐르는 물 표면은 변할지 모르지만 물속 흐름은 변하지 않는다. 태양이 서쪽에서 뜬 적이 있는가. 물이 높은 곳으로 흐른 적이 있는가. 원칙은 변하지 않는다.

주변에 이혼한 사람들을 많이 본다. 물론 행복한 사람들도 있을 수 있겠지만 그러나 적어도 필자가 아는 범위 내에서는 표현은 안 하지만 후회들을 한다. 그 순간을 잘 넘겼을 것을, 참았을 것을 하며 후회한다.
부부는 하나다. 오른팔이 잘못했다고 해서 찍어 내 버릴 수 있겠는가. 오른 눈이 잘못했다고 해서 빼어 내 버릴 수 있겠는가. 또 결혼은 자식으로 인해 물리적 하나가 되는 것이다. 힘들다고 해서, 참고 사는 바보가 안 되기 위해서 이혼한다면 그렇다면 자식의 아픔은 누가 책임질 것인가. 그것이 행복인가.

진정한 가치와 행복은 참고 이해하고 사랑하는 데 있다. 가치와 행복은 쉽게 얻을 수 있는 것이 아니다. 쉽게 얻을 수 있다면 그것은 행복이 아니다. 최고의 가치는 사랑이다. 사랑은 참고 이해하는 것이다. 참고 이해할 수 없다면 사랑일 수 없다. 갈라선다는 것은 자신은 물론 주변 사람들에 대한 불행이다. 물론 처음부터 선택은 잘해야 한다.
참고 이해하고 사랑하는 것이 부부다. 갈라설 수 없는 것이 부부다.

14.

자유로운
삶

《환경저널 칼럼》 2023.2.13.

선비의 최고 덕목은 청빈이다.

賢而多財 則損其志, 愚而多財 則益其過라 했다. "현명한 이가 재물을 많이 가지면 그 뜻을 해치고, 어리석은 이가 재물을 가지면 그 과실을 더한다."라는 뜻이다.

이 말은 옛 선비들의 청빈 사상을 대변한 글이다. 청렴은 선비 사회의 최고 덕목이자 가치관으로, 선비는 재물로부터 자신을 멀리하는 것으로 근본을 삼았다.

『목민심서(牧民心書)』에도 청렴은 수령의 본무요, 모든 선의 근원이며, 덕의 바탕이니, 청렴하지 않고서는 수령일 수 없다고 했다.

청빈(淸貧)은 '성품이 깨끗하여 살기가 어려운 것'이다. 물론 그 의미는 '살기가 어려운 것'에 의미를 두는 말이 아니라 '성품이 깨끗하여 물질의 집착으로부터 자유로움'에 의미를 둔다. 물질에 집착해서는 안 되고, 물질로부터 자유로워야 한다는 얘기다. 그러나 물질적으로 가난하다고 해서 청빈은 아니다. 물질이 아닌 마음이 가난해야 한다. 부자라고 해서 반드시 물질에 집착하는 것은 아니고, 가난하다고 해서 청빈한 것도 아니며, 부자가 욕심을 갖는 것만이 집착이고, 가난한 사람이 단 돈 천 원에 욕심을 갖는 것은 집착이 아닌 것은 아니다. 부자가 물질에 대해 집착하는 것도 집착이고, 가난한 사람이 단 돈 천원에 집착하는 것도 집착이다.

부자가 재물로부터 자유로울 수 있다면 그것이 청빈의 마음이고, 가난한 사람이 가지고 있는 전부인 천 원에 자유로울 수 있다면 그것 또한 청빈의 마음이다. 청빈은 많은 것에 대해서도 또는 적은 것에 대해서도 집착하지 않고 자유로워야 한다. 버리고 비운다는 것은 반드시 가진 자만이 아니라, 가진 것이 없는 자도 적은 것 하나라도 버리고 비울 수 있어야 한다.

그런데 가난하기 때문에 적은 것이지만 집착할 수 있다. 그러면서 그것이 가난하기 때문에, 또는 적은 것이기 때문에 집착이 아니라고 생각할 수 있다. 가난하기 때문에 오늘 내가 걸칠 옷 한 벌에 자유로울 수 없다면 청빈의 마음이 아니고,

가난하기 때문에 오늘 내가 먹을 일용할 양식 하나에 자유스러울 수 없다면 역시 청빈의 마음이 아니다. 물질이 우리를 구속할 수 없고, 부자유롭게 할 수 없어야 한다. 물질 자체만 없다는 것은 청빈이 아닌 가난한 것이고, 그 가난은 물질로부터 자유로울 수 있는 가난이 아니다.

그런데 물질로부터 자유로울 수 있는 것은 신념이나 의지만으로 할 수 있는 것은 아니다. 단지, 세상적 가치가 절대적 가치가 될 수 없음을 알아야 한다. 어린 시절 생각했던 큰 가치들이 어른이 되어 생각해 보면 큰 가치가 아니듯, 세상적 가치들이 절대적 가치가 될 수 없음을 알아야 한다. 세상적 가치가 절대적 가치가 될 수 없음을 깨닫지 못하고는 물질로부터 자유로울 수 없고 청빈의 마음이 될 수 없다. 세상적 가치에 집착하는 한 항상 부족하고 항상 채워야 하며 그래서 물질로부터 자유로울 수 없다.

청빈의 마음은 깨달음이다. 진정한 가치를 깨달은 사람은 세상적 가치에 집착할 수 없고 그것을 깨달은 사람은 자유로울 수 있다. 자유로울 수 없다면 종(노예)일 수밖에 없다.

물질 만능 시대에 살아가는 우리에게 한 번쯤 생각해 볼 필요성이 있지 않을까 생각한다.

15.

여생(餘生)은
자투리의 삶이 아니다

《환경저널》 칼럼 2023.2.6.

　나이가 들면 고집이 세지고 남의 말도 잘 안 듣고 그리고 자기주장만
내 세운다. 일에서 은퇴하게 되면 생각도 은퇴하게 되고 그래서 생각
과 행동은 과거에 머무른다. 고여 있는 물은 부패된다. 물은 흐르는데,
변하고 있는데 고여 있는 물은 은퇴 전 생각에 머무르고 현실에 적응할
수 없게 된다. 생각이 과거에 머물러 있으니 고집과 아집으로 남을 수
밖에 없다.

　나이가 들었어도, 은퇴를 했어도 새로운 일에 도전하고 창조해야 한
다. (물론 꼭 경제 소득을 얘기하는 것은 아니다) 그때에 자신을 재발견
할 수 있게 되고 고루(固陋)하고 잘못된 생각과 행동임을 깨닫게 된다.

　건강 비결을 묻는 기자에게 노익장을 과시하는 이시형 박사(89세)는
"이 나이에도 삶의 목표를 잃지 않는 게 비결이라면 비결이겠다. 나이
가 얼마이든 삶의 목표를 가지는 게 면역력에 중요하다. 삶의 목표가

뚜렷하면 그걸 이루기 전까지 쉽게 늙거나 아프지 않게 된다. 힘과 능력이 있는데도 아무 일도 않는 것은 사회에 죄를 짓는 것이다."라고 얘기하고 있다.

우리는 여생(餘生)이란 말을 한다. 그리고 여생은 나머지의 삶으로 아무것도 할 수 없는 자투리 정도의 쓸모없는 부정적 의미의 삶으로 생각하기도 한다. 나머지의 삶을 소일(消日)이나 하다 죽음을 맞이하면 된다고 생각도 한다. 잘못 생각이 아닐까?

여생이란 쓸모없는 나머지의 삶이 아니라, 그래서 소일이나 하다가 죽음을 맞이하면 되는 무책임한 삶이 아니라, 새로운 삶에 도전하고 시작해야 하는 중요한 시간이 아닐까.

달리기를 하는 것과도 같다. 출발 지점도 중요하고, 중간 지점도 중요하지만 마지막 지점이 더 중요하다. 마지막 지점에 성공해야 모든 것을 성공할 수 있다. 마지막 지점이라고 해서 안일하고 소홀히 하는 것은 이제까지 힘들게 달려온 길을 포기하는 것과도 같다.

사람들은 죽음을 마지막이라고 생각한다. 그래서 과거의 생각에 머무르게 되고 마지막 지점에서 편히 소일이나 하려고 한다. 그러나 삶이 죽음으로만 끝난다고 생각하는 것은 무책임한 생각이 아닐 수 없다. 나의 태어남과 나의 존재함은 당연한 것인가. 그런데 "그렇다."라고 대답할 수 없다. 아는 것이 없기 때문이다. 아는 것이 없는데 어떻게 죽음에 대해 쉽게 결론할 수 있는지. 죽음이 죽음으로만 끝난다고 생각하는 것은, 그래서 쓸모없는 자투리 정도의 삶이라고 생각하는 것은, 아직은 삶에 대해서도 깊이 생각해 보지 않은 삶이다.

　물론 죽음 뒤의 삶에 대해 알 수 있는 것은 없다. 그렇다고 부정할 수
는 없다. 있는 것을 있다고 주장할 수는 있지만, 없는 것을 없다고 주장
할 수는 없다. 없다고 주장하는 것은 아직은 '알아야 할 것을 알지 못하
고 있기 때문'인지도 모른다.

　여생은 새로운 삶과의 고리의 삶일 수 있다. 애벌레의 삶은 한 마리
나비의 삶과의 고리의 삶이다. 과거의 생각에 갇혀 있는 여생이 아니
라, 새로운 삶에 도전하고 창조하는 삶이 돼야 한다. 시간을 소일하는
것만큼 큰 죄는 없다. 시간이 많지 않다. 촉박하지 않을 수 없다.

16.

겸허할 수밖에 없는
존재들이다

《환경저널》칼럼 2023.1.25.

우리는 자연적이 아닌 것을 초자연적이라 하고, 초자연적 현상들을 기적 또는 이적이라고도 한다. 그리고 자연적인 것을 상식적이라 하고, 초자연적인 것을 비상식적이라 하며, 상식적인 것을 합리적이라 하고, 비상식적인 것을 비합리적이라 한다.

그런데 자연적인 것이나 초자연적인 것이 다를 것이 없고, 상식적인 것이나 비상식적인 것이 다를 것이 없지 않을까. 단지, 자연적인 것은 인간들이 자연적인 것에 체험돼 왔고 익숙해왔기 때문이며, 그래서 그 체험을 기준으로 상식적이라 또는 비상식적이라 하고 있는 것뿐이다. 즉, 일상적이고 체험적인 것 그래서 보편적으로 익숙해져 있는 그것들을 상식적이라 하고 있는 반면, 그렇지 않은 것을 비상식적이라 한다.

그렇다면 세상에 존재하는 모든 것 즉, 보편적으로 체험되어 온 모든 것들은 다 합리적이고 상식적이라 얘기할 수 있을까. 예를 든다면, 내가 세상에 태어났을 때 이미 자연적인 현상들이 존재해 있었다. 산과 들이 있었고 나무와 풀이 있었으며 해와 달이 존재해 있었다. 그래서 그 자연적인 것들 속에서 체험되어 왔고 익숙해져 왔다. 그리고 그 체험적인 것들을 기준으로 상식적인 것이라, 합리적인 것이라 얘기하고 있다. 그런데 맞는 말일까.

내 자신이 존재하고 우주 만물이 존재하는 것이 타당하고 마땅한 것이라 말할 수 있을까. 상식적이고 합리적인 것이라고 말할 수 있을까. 말할 수 있다고 한다면, 그렇다면 체험되고 있는 것들의 존재 이유와 본질에 대해 상식적이고 합리적으로 설명할 수 있을까. 내 자신은 물론, 산과 들과 해와 달의 존재 이유와 본질에 대해 상식적으로, 합리적으로 그 타당성을 설명할 수 있는가 하는 것이다. 그런데 그렇게 할 수 없다. 합리적으로 상식적으로 설명할 수 없다.

그렇다면 무엇이 상식적이고 무엇이 합리적인가. 상식적인 것은 무엇이고, 비상식적인 것은 무엇이란 말인가. 알 수 없고 이해할 수 없는 것을 합리적이고 상식적이라고 얘기하고 있다. 모순이다. 자연적인 것들도 상식적이 아니고 합리적이 아니긴 마찬가지다.

알 수 없고 이해할 수 없지만, 체험되고 있다는 기준만으로 합리적인 것이라, 또는 상식적인 것이라 얘기하고 있는 것뿐이다. 자연적인 것의 존재 이유와 본질에 대해 알 수 없는 것과, 초자연적인 것에 대해 알 수 없는 것은 서로 마찬가지다. 즉, 보편타당한 것이 아닌 것은 마찬가지고, 상식적이고 합리적이 아닌 것은 마찬가지다. 그렇다면 초자연적 현상들을 기적이라고 말할 수 있듯이, 자연적인 현상들도 역시 초자연적이고 기적이라 할 수 있다.

우리들 자신이 존재하고 있는 것 자체가 기적이고 비상식적이며, 존재하고 체험되고 있는 모든 것들이 다 기적이고 비상식적일 수밖에 없다. 산과 들이 존재하고, 나무와 풀이 존재하는 것, 그리고 내가 존재할 수 있는 것 모든 것들이 다 기적이고 비상식적일 수밖에 없다. 상식적이 아니고 합리적이 아니긴, 자연적인 것이나 초자연적인 것이 서로 다른 것이 아닌 같은 것이다. 눈앞에 보이는 자연적인 현상들이 다 초자연적이고 기적이다.

인간들이 알 수 있는 것은 없다. 자신의 존재에 대해서도 알 수 없다. 그러기에 겸허할 수밖에 없는 존재들이다. 무한의 시간과 공간 속에 겸허할 수밖에 없는 존재들이다.

17.

인간의
자유 의지

《환경저널》칼럼 2023.1.16.

신(神)은 인간들에게 자유 의지를 주었다. 인간은 자신의 의지로 무엇이든지 선택할 수 있다. 그것은 그만큼 신(神)이 인간들을 사랑하고 인격을 존중해 주는 것이라 할 수 있다. 마치 아버지가 자식을 믿고 인격을 존중해 주는 것과 같이 말이다. 그렇지만 어쩌면 자유 의지를 가진 인간들에 대한 모험일지도 모른다는 생각을 한다.

인간들은 살아가면서 모든 일에 자유 의지의 결단을 내려야 하고, 그 결과를 얻게 되며 결과에 대한 책임을 진다. 옳은 결단에 대해서는 좋은 결과를 얻게 되고, 잘못된 결단에 대해서는 나쁜 결과를 얻게 되며, 희로애락의 모든 일들이 다 자유의지의 결단에 의한 결과물들이라 할 수 있다. 그러므로 살아가면서 겪게 되는 모든 시련과 고통과 아픔들 또한 인간 자유의지 결단의 결과들이라 할 수 있다. 물론 직접적으로 내 의지와 상관없이 오는 고통과 불행도 있을 수 있지만, 그러나 나의 결단이던 누구의 결단이던 모두 인간들 의지의 결단이다.

   그렇다면 이러한 질문을 할 수 있다.

   "신(神)이 인간들을 사랑하고 아낀다면 왜 인간들에게 행복만 있게 하지 않고 시련과 고통이 있게 했는지, 아니면 나쁜 결단을 하지 않고 좋은 결단만 하도록 하지 않았는지." 하고 질문할 수 있다. 그러나 그것은 안 되는 말이다. 신은 인간들을 사랑하고 존중해 주기에 자유 의지를 준 것이고, 그 자유 의지에 의해 인간들 스스로가 선택하도록 했으며 그 선택의 결과에 대한 책임도 지게 한 것이지, 자유 의지가 없는 기계나 로봇을 만든 것이 아니기 때문이다. 바로 인간들만이 가지는 가치라 할 수 있다. 그러므로 처음부터 불행이나 고통이 없게 하거나, 좋은 결단만을 원하는 것은, 마치 자유 의지를 가진 인간이기보다는 하나의 기계나 로봇이기를 원하는 것과도 같다.

   세상에는 성공과 실패가 있어야만 하고, 그로 인해 기쁨과 고통 또한 있어야 한다.

   실패가 없는 성공이 있을 수 없고, 고통이 없는 기쁨이 있을 수 없다. 모두 다 1등이 될 수 없고, 모두 다 성공할 수 없다. 그러므로 경쟁에는 성공과 실패가 따라야 하고, 기쁨과 고통 또한 있어야만 한다.

   그러면 또 이러한 질문을 할 수 있다.

   "그렇다면 인간들에게 자유 의지는 주되, 처음부터 시련과 고통이라는 것이 세상에 존재하지 않고 행복만 있게 했으면 좋지 않았겠냐."고 얘기할 수 있다. 그렇게 되면 나쁜 결과도 시련도 고통도 불행도 없을 것이 아니냐고 얘기할 수 있다.

그러나 세상에는 값지고 고귀한 열매들이 있다. 그 열매들은 그냥 저절로 쉽게 얻어지는 것이 아닌, 값진 노력의 과정을 거쳐야만 얻어질 수 있다. 즉, 시련과 고통과 역경의 과정을 거쳐야만 얻어질 수 있다. 성공과 행복이라는 귀중한 열매가 삶 속에서 저절로 또는 쉽게 얻어질 수 있는 것이라고 한다면, 그렇다면 그러한 것들이 어떻게 값지고 가치 있는 것이라 할 수 있고 또한 그것들을 얻으려고 애쓰고 노력할 이유가 있겠는가. 운동선수가 금메달을 획득할 때에 힘 안 들이고 누구나 저절로 얻을 수 있는 것이라고 한다면, 그렇다면 그것을 얻으려고 애쓰고 힘들일 이유가 어디 있고 그렇게 해서 얻은 그것이 어떻게 값진 결실의 가치라고 얘기할 수 있겠는가. 세상에 고통과 시련이란 것이 없다면 진정한 삶의 가치를 찾을 수 없고, 삶의 가치는 바로 시련과 고통의 과정을 통해서 얻어질 수 있는 것이다.

신은 인간들에게 자유 의지를 주었다. 그리고 자유 의지를 통해 완성으로 성숙되어 가게 했다. 우리가 살아가면서 겪게 되는 모든 시련과 고통들은 바로 완성을 위한 성숙의 과정이다. 시련과 고통 없이는 성숙될 수 없다.

우리에게 오는 어떠한 시련과 고통들도 다 참고 견디어 나가야 한다.

18.

필요한 만큼이
행복이다

《환경저널》칼럼 2023.1.9.

2023년 새해를 맞았다. 새해에는 모든 사람들이 더욱 행복한 한 해가 됐으면 좋겠다. 행복은 만족과 기쁨을 느끼는 상태다. 만족과 기쁨을 느낄 수 없다면 행복이 아니다. 그런데 욕심은 만족을 느낄 수 없다. 만족을 느낄 수 없기에 계속 만족하려 한다. 그러기에 욕심이 있는 곳에는 만족이 있을 수 없고 또한 행복이 있을 수 없다.

욕심 없는 행복한 한 해가 됐으면 좋겠다.

잘 곳이 없어 노숙하는 사람들이 있다. 그런데 월세방에서 산다고 해서 좌절하고 절망할 수 있겠는가. 절망할 수 없다. 감사해야 할 일이다. 따뜻한 방에서 편히 잘 수 있는 것만으로도 감사해야 한다. 두 다리가 없어 휠체어에서 생활하는 사람들이 있다. 또는 움직일 수 없어 평생을 병상 위에서 살아가는 사람들이 있다. 그런데 가진 것을 잃어버렸다고 해서, 실패했다고 해서 좌절하고 포기할 수 있겠는가. 포기할 수 없다.

감사해야 할 일이다. 나의 의지대로 내가 원하는 곳까지 걸어갈 수 있는 것만으로도 감사해야 한다. 세계 인구의 1/7인 10억 명의 인구가 만성적 영양실조에 시달리고 있고, 5초마다 1명의 어린이가 단지 먹을 것이 없어 굶어 죽어 간다고 한다. 그런데 고기반찬을 못 먹는다고 해서 불평불만 할 수 있겠는가. 고기반찬을 달라고 기도할 수 있겠는가. 할 수 없다. 도리가 아니다.

필요한 만큼이 행복이다. 그 이상의 것이 욕심이고 욕심은 불행이 된다. 행복은 이미 가지고 있는 것에서 찾는다. 그런데 가지지 않은 것에서 찾으려 하기에 욕심이고 불행이 된다. 행복은 깨닫는 것이다. 그래서 깨달은 사람은 이미 가졌고, 깨닫지 못한 사람은 가진 것이 없다.

어려운 곳에서, 힘든 곳에서 일하는 사람들이 많이 있다. 먹을 것 하나를 해결하기 위해 5세 이상 14세 이하의 어린이 2억 5천만 명 정도가 힘든 노동에 종사하고 있다고 한다. 최저시급도 받지 못하고 어렵게 살아가고 있는 노동자들이 있고, 평생을 비정규직으로 힘들게 살아가는 젊은이들이 많이 있다. 그런데 좋은 직장에서 힘이 좀 든다고 해서, 승진이 좀 늦는다고 해서, 괴로워하고 불평불만 할 수 있겠는가. 불평불만 할 수 없다. 이미 받았다. 받을 만큼 이미 받았다. 감사해야 한다. 깨닫지 못함이 욕심이고 죄가 된다. 또 두렵고 절박한 심정으로 죽음의 시간을 기다리는 사람들이 있다. 그런데 몸이 좀 불편하다고 해서, 생활이 좀 불편하다고 해서 불평불만 할 수 있겠는가. 삶을 포기할 수 있겠는가. 할 수 없다. 죄가 된다. 감사해야 한다.

우리가 가지고 있는 것은 너무나도 많다. 두 다리를 가지고 있고 어디든지 걸어갈 수 있다. 그런데 불평불만 한다. 그런데 '걸을 수만 있다면.' 하고 간절히 기도하는 사람들이 있다. 또 두 눈을 가지고 있고 무엇이던지 볼 수 있다. 그런데 불평불만 한다. 그런데 '볼 수만 있다면.' 하고 간절히 기도하는 사람들이 있다. 또 '들을 수만 있다면.' 하고 기도하는 사람들이 있고, 아프고 배가 고파 기도하는 사람들이 있다. 행복은 가지고 있는 행복을 깨닫는 것이다. 깨닫지 못한다면 행복은 없다. 깨달은 사람은 항상 감사하고 깨닫지 못한 사람은 항상 불평불만 한다.

우리에게 필요한 것은 일용할 양식이면 된다. 그 이상 그 이하도 아니다. 부족하지 않으면 된다. 굶지 않으면 되고 밖에서 자지 않으면 만족하다. 그 이상의 것이 욕심이고 그 이상의 것이 교만이고 죄다. 필요한 만큼, 감당할 수 있을 만큼, 합당한 만큼이면 된다. 깨달아야 한다. 만족하고 감사해야 한다. 감사하는 한 해가 돼야 하겠다.

19.

계묘년
새해를 맞으며

《환경저널》칼럼 2023.1.2.

2023년 계묘년(癸卯年) 새해가 밝았다.

계묘년은 검은 토끼의 해다. 토끼는 꾀가 많은 동물이지만 지혜롭다. 새해에는 모든 국민들이 좀 더 지혜롭고 행복한 가정이 되기를 빈다.

그렇지만 행복은 저절로 오는 것은 아니다. 노력하고 만들어가는 것이다. 새해 벽두(劈頭)의 화두(話頭)가 '기후 변화'가 되지 않을 수 없다.

구글코리아가 발표한 지난해의 검색어 1위는 '기후 변화'였다고 한다. 기후 변화가 구글에서 사람들이 가장 많이 검색한 단어다. 물론 절대적인 검색량이 가장 많은 것은 아니지만, 많은 사람들이 기후 변화에 대해 관심을 가지고 있고, 그만큼 현실의 환경이 위기라는 얘기다.

이상 기온에 시달리는 지구촌이다. 지난 8월 서울에는 중부지방을 중심으로 115년 만의 기록적인 폭우가 쏟아졌다. 특히 동작구에만 하루

동안 381.5㎜의 폭우가 쏟아졌는데, 이는 한 달에 걸친 장마 기간 동안 중부 지방에 내린 비의 양보다 더 많은 양이라고 한다.

또한 미국에는 영하 50도가 넘는 최악의 '크리스마스 한파'가 불어닥쳤다. 미국 중부와 북부 일부 지역 기온이 급강하하고 강풍과 눈보라가 몰아치는 혹한이 찾아와 체감 온도는 영하 50도를 돌파했는데 지역별로 일리노이주 시카고가 영하 53도, 테네시주 멤피스가 영하 54도를 기록했다. 국립기상청도 "생명을 위협하는 추위"라며 경고하고 있다.

21세기 들어 신종 감염병도 급증했다. 이와 동시에 기후 변화도 급속도로 진행되고 있다. 이 두 가지 현상을 별개의 것으로 볼 수 있을까. 시베리아의 동토가 녹으면 그 아래에 오랜 기간 노출되지 않았던 바이러스나 세균이 드러날 수 있다. 이러한 병원체는 철새를 따라 이동할 수도 있고, 이동한 바이러스가 다른 숙주를 만나서 인간을 감염시킬 가능성은 충분히 많다. 기후 변화와 신종 감염병 출현이 상당한 연관성을 가질 것이라는 것이 전문가들의 얘기다.

온난화 방지를 위해 유엔 산하 정부 간 협의체 제6차 평가보고서는 이산화탄소와 같은 온실가스 배출이 앞으로 크게 감소되지 않으면 21세기 내에 1.5℃ 및 2.0℃ 온난화보다도 초과될 것으로 전망했다. 기후 위기는 인류 생존과 직결되기에 전 세계가 힘을 모아 대응하고 있다. 그 핵심은 2050년까지 인간의 인위적 활동으로 배출되는 온실가스 배출량의 순 배출을 제로로 해 2100년까지 지구 평균 온도 상승을 산업 혁명 대비 1.5℃ 미만으로 제한하자는 것이다. 이는 기후 변화에 민감하게 영향을 받는 농업의 지속성을 위한 필수적인 조치이기도 하다.

또한 국제 사회는 메탄 감축 협력 방안 모색을 위해 지난해 11월 국제메탄서약을 출범시켰으며, 이에 가입한 우리나라가 농업에서 감축해야 할 온실 가스는 2030년까지 약 250만 톤이 된다.

지구 온난화의 정도에 따라 전 세계적으로 북극 해빙, 적설 및 영구 동토 감소, 극단적 고온, 해양 폭염, 집중 호우 국지적 가뭄, 강렬한 태풍 빈도 및 강도 등이 증가할 것으로 예상하고 있다.

우리는 이에 따른 대비책을 강구하지 않으면 안 될 것이다. 모든 기업은 가능한 화석 연료의 사용을 지양하고, 이산화탄소 포집기술 개발, 배출가스 정화 등 연구 개발을 통해 이산화탄소 배출 저감을 위해 노력해야 하며, 친환경 에너지로의 전환을 모색하고, 국가 차원의 이산화탄소 배출 절감 목표를 강력하게 추진해 나가야 한다.

농업에서 발생하는 온실가스 중 하나인 메탄은 전체 지구 온난화의 약 30%, 즉 기온 0.5℃ 상승의 원인 물질로 알려져 있으며 우리나라는 메탄 전체 배출량의 43%가 농업에서 발생하고 있다. 이에 따라 관행 농업을 저탄소 농업으로 바꾸자는 것이다.

개개인 각자도 마찬가지다. 일상생활에서 에너지 사용 절감운동에 적극 동참하고, 탄소 배출 줄이기에 나서 지구를 살려 나가야 할 것이다.

행복은 저절로 오지 않는다. 우리가 노력하는 것만큼 돌아온다. 우리의 생명이 하나이듯 지구도 하나뿐이다. 우리는 한 배(船)를 탔다. 자기가 탄 배에 구멍이 났다면 그 구멍을 손질하고 고치지 않을 사람은 없다. 마찬가지로 구멍 난 지구에 물이 들어오지 않도록 철저한 대비책을 강구해 나가지 않으면 안 될 것이다.

20.

관계를 단절하는
고독사

《환경저널》 칼럼 2022.12.26.

보건복지부는 '2022년 고독사 실태조사' 결과를 발표했다. (《조선일보》 12. 14-15일자)

"지난해에 혼자 살다 세상을 떠난 뒤 발견된 고독사가 3378명에 달하는 것으로 조사됐다. 지난해 전체 사망자 31만 7680명 중 고독사가 1.1%에 달했다. 전체 사망자 중에서는 80대 이상 고령자의 비중이 가장 크지만, 고독사 사망자 중에는 50~60대 중장년층이 매년 50~60%를 차지하고 있다. 20대 고독사의 절반 이상은 자살로 인한 것이다. 홀로 죽음을 맞는 사람 중에는 스스로 주위의 도움을 거부하고 관계를 단절하는 '은둔형 고독사'가 흔하다. 특히 고독사 비중이 높은 5060 남성의 경우 사업 실패, 실직, 이혼, 사별 등이 겹치면서 외부와 단절되곤 한다. 고독사 현장에서 주로 발견되는 건 체납 공과금 고지서와 추심 독촉 서류, 텅 빈 냉장고와 컵라면 용기 등이다."

필자는 얼마 전 고독사에 대한 얘기를 한 적이 있다. 그런데 이번 기사를 읽고 다시 하는 얘기는, 고독사 중 스스로 주위의 도움을 거부하고 관계를 단절하는 '은둔형 고독사'에 대한 얘기다. 다시 말하면 스스로 죽음을 선택하는 고독사다. 우리는 죽음에 대해 알지 못한다. 죽은 다음에 어떻게 되는 것인지를 알 수 없다. 그런데 그 모르는 것을 쉽게 선택을 한다. 어떻게 그렇게 쉽게 선택할 수 있는 건지 놀랍지 않을 수 없다는 얘기다.

모른다는 것은 무섭고 두렵다. 흙이 되어 사라지는 건지, 아니면 지옥 천국으로 가는 건지 알 수 없다. 모르는 것을 선택하는 것은 용기도 모험도 아니다. 캄캄한 밤에 문을 열고 나가는 것과도 같다. 한 치의 앞도 보이지 않는, 앞이 낭떠러지인지, 절벽인지 아니면 장애물이 있는지 모르는 위험한 길일 수 있다. 물론 선택할 수밖에 없는 현실을 이해 못하는 것은 아니다. 얼마나 고통스러웠으면, 얼마나 괴로웠으면, 얼마나 외로웠으면 그럴 수밖에 없었을까를 이해한다. 그러나 그 고통과 괴로움이 알 수 없는 길을 선택하는 것보다도 더 힘든 것인지, 아니면 외로움이 모르는 길을 선택하는 것보다 더 힘든 것인지 묻고 싶다. 현실은 잠시지만 그러나 한 번 떠난 그 길은 영원히 돌아올 수 없고, 되돌릴 수 없는 길이다.

힘들어 떠난 그 길이, 외로워 떠난 그 길이 낭떠러지였다면, 아니면 정말 지옥의 길이었다면 그래도 그 길을 선택할 수 있는 것인지.

알 수 없고 모른다는 것은 두렵고 무섭고 위험한 것일 수 있다. 그것을 당연한 것처럼 선택하는 것은 바보일 수 있다.

솔직히 필자는 4번의 파산을 경험했다. 순간적으로라도 죽음 같은 것을 생각해 볼 순 있었다. 그렇지만 행동으로의 생각은 감히 해 본적이 없다. 용기가 없어서일까, 머리가 안 좋아서 일까. 아니다. 그렇게 생각하지는 않는다. 필자는 무엇보다도 알 수 없는 죽음을 스스로 선택하는 것은 안 된다고 생각한다. 삶이 우리의 의지로 이루어진 것이 아니듯, 죽음 또한 의지로 선택할 수 있는 것이 아니기 때문이다.

배고픔을 모르는 사람은 배부름의 만족을 모른다. 그러나 배고픔을 아는 사람은 배부름의 만족을 안다. 이것이 배고픔이 주는 가치다. 삶도 마찬가지다. 삶은 처음부터 만족한 것이 아니고 처음부터 행복한 것도 아니다. 삶은 고통과 고뇌와 아픔이다. 그래서 참고 견디고 인내하는 것이다. 그 다음 가치를 위해서 말이다. 이것이 삶이 주는 의미다. 그리고 그것이 가치다.

어떠한 경우에도 죽음을 스스로 선택할 수 있는 것은 아닌 것이다.

21.

삶의 지혜
(왜 번뇌하게 되는가)

《환경저널》칼럼 2022.12.19.

　우리는 고통과 어려움 속에 살아간다. 그래서 삶을 고해(苦海)라고도 한다. 고통에는 육체에서 오는 고통과 마음에서 오는 고통이 있고, 마음의 고통을 번뇌(煩惱)라 한다. 번뇌는 '마음이 시달려 괴로운 것 또는 심신을 괴롭히는 노여움 욕망 따위의 망념을 말하는 것'으로, 불가에서는 백팔번뇌(百八煩惱)라 하여 인간의 마음속에 많은 번뇌를 얘기한다. 삶은 끊임없는 번민과 번뇌다.

　그런데 번뇌는 왜 오는 것일까, 왜 번뇌하며 괴로워해야 하는 것일까. 집착(執着)하는 마음 때문이다. 집착하는 마음 때문에 번뇌하고 괴로워한다. 인간의 모든 번뇌는 집착하는 마음에서 온다고 할 수 있다. 집착이란 '마음이 늘 쏠려 떨치지 못하고 매달려 있는 상태'로 마음이 어느 한 곳에 사로잡혀 있어 그것에서 헤어나지 못하고 괴로워하는 상태다. 즉, 세상적인 것에 사로잡혀 그것에서 헤어나지 못하고 괴로워한다. 이러한 집착 때문에 우리는 끊임없이 번뇌한다.

그러면 집착은 왜 오는 것일까. 왜 집착해야만 하는 것일까. 욕심 때문이다. 욕심 때문에 집착하고 번뇌한다. 욕심이란, '무엇을 탐내거나 누리고자 하는 마음'으로 인간들은 끊임없는 욕심과 욕망을 가지고 있고, 이러한 욕심들이 인간들을 집착하고 번뇌하게 한다. 욕심이 없다면 집착할 이유도 없다.

그러면 욕심은 왜 오는 것일까. 왜 욕심을 버리지 못하고 집착해야만 하는 것일까. 교만의 마음 때문이다. 자신을 남들 앞에 높이고 내세우려 하는 교만의 마음 때문에 욕심이 온다. 교만의 마음 때문에 욕심이 오고, 욕심 때문에 집착하게 된다. 교만이란, '잘난 체하며 뽐내고 방자(放恣)한 것'으로, 자신을 남들 앞에 내세우고 높이고 자랑하려는 마음이다. 그런데 교만은 상대적이다. 상대적이 아니면 잘난 체할 일도, 방자할 일도, 남들 앞에 높이고 내세울 일도 없다. 또한 상대적이 아니라면 욕심낼 일도 없다. 그러므로 인간들의 모든 욕심은 자신을 남들 앞에 내세우고 높이려 하는 교만의 마음 때문에 오는 것이라 할 수 있다.

그러면 교만의 마음은 왜 오는 것일까. 왜 교만의 마음을 떨쳐 버릴 수 없는 것일까. 깨달음이 없기 때문이다. 마땅히 깨달아야 할 지혜를 깨닫지 못하고, 알 것을 알지 못하고 있기 때문이다. 깨달음이 없는 어리석음 때문에 교만하게 된다. 우리는 내세울 일이 없고, 높이고 자랑할 일이 없다. 잘난 체하고 교만을 떨 일도 없다. 무엇을 내세우고 무엇을 자랑하며 무엇을 잘난 체할 것인가. 또, 교만할 일은 무엇이 있는가. 바보스러움이다. 재물에 대해서도, 명예에 대해서도, 권력에 대해서도, 건강에 대해서도 집착할 일이 없다.

오늘 하루 일용할 양식으로 만족할 수 있고, 오늘 하루 건강할 수 있음으로 만족할 수 있으며 오늘 하루 사랑할 수 있음으로 만족할 수 있음을 깨달아야 한다. 오늘 하루 내가 존재할 수 있다는 것이 바로 감동이고, 감사한 일이다.

어리석음 때문에 교만이 오고, 교만 때문에 욕심이 오며, 욕심 때문에 집착하게 되고, 집착 때문에 번뇌한다. 삶은 끊임없는 번뇌와 고통의 연속이다. 모든 번뇌는 깨달음이 없는 어리석음에서 온다.

22.

믿음과
희망의 힘

《환경저널》칼럼 2022.12.12.

우리는 세상을 살아가면서 많은 시련과 어려움을 겪는다. 그래서 좌절하고 포기하기도 한다. 때로는 삶까지도 포기한다.

그러나 포기해서는 안 된다. 시련과 어려움은 우리의 삶이고 세상에 시련과 어려움이 없는 삶은 없다. 왜냐하면 삶은 성숙의 과정이고 그 과정 속에 시련과 어려움이 있는 것이다. 성숙되지 않은 삶은 의미가 없다. 그러므로 시련과 어려움이 왔을 때 포기해서는 안 될 일이 있다. 바로 믿음과 희망이다. 믿음과 희망은 기적을 낳기 때문이다.

지난 10월 26일 봉화 아연 광산에서 토사 900t이 아래로 쏟아지는 사고가 발생했고, 두 사람이 지하 190m에 갇히게 됐다. 두 사람은 지하에 갇힌 지 9일 만에 극적으로 구조됐다. 갇힌 지 221시간 만에 구조된 것이다. 매몰되는 순간 칠흑 같은 어둠 속에서 공포심과 두려움에 떨어야만 했다. 그들은 소지했던 플라스틱 통에 담긴 식수 4L와 커피믹스 30

봉으로 하루에 1개씩, 심하게 허기지면 하루 2~3개씩 물에 타서 마시며 버텼다. 커피믹스를 '식량' 대용으로 삼았던 것이다. 하지만 유일한 그 것마저도 고립 3일째 바닥이 났다. 그래서 그들은 천장에서 떨어지는 물을 플라스틱 통에 받아 필요할 때마다 마셨다. 그러나 휴대하고 있던 안전등이 꺼지고 칠흑 같은 어둠이 찾아왔을 때는 정말 절망하지 않을 수 없었다. 마지막 의지했던 불빛마저 꺼지고만 것이다.

그러나 그들은 믿음과 희망을 잃지 않았다. 절망하지 않았다. 포기하지 않았다. 동료들이 자신들을 분명히 구해 줄 것이라는 굳건한 믿음을 가지고 있었다. 그것이 바로 희망이었다.

필자는 당시 기사를 보면서 이 사건은 기적이다 하는 생각이 들었다.
9일 동안이나 암반에서 떨어지는 물만 받아 마시고 버틸 수 있었다는 것은 기적이 아닐 수 없다. 보통 인간의 체력과 정신력으로는 도저히 불가능한 일이다. 그렇다면 그 기적의 힘이 무엇이었을까. 어디서 왔을 까를 생각하지 않을 수 없었다. 그것이 바로 믿음과 희망이다. 믿음과 희망이 없었다면 두 사람은 생존하기 힘들었을 것이다. 믿음과 희망이 라는 끈을 놓지 않고 끝까지 붙잡고 있었다. 우선 동료들의 끈끈한 인간애를 믿었다.

동료들이 자신들을 분명 구조해 줄 것이라는 희망을 가지고 있었고 그래서 절망하고 포기하지 않았다. 그것이 기적을 나은 것이다. 만약 동료들에 대한 믿음이 없었다면, 자신들을 반드시 구조해 줄 것이란 희 망이 없었다면 그렇다면 그 긴 죽음 같은 시간을 버텨 낼 수 있었을까. 가능했을까. 불가능했을 것이다. 기적은 이뤄지지 않았을 것이다. 믿음과 희망은 반드시 기적을 이루어 낸다.

이 사건을 보면서 믿음과 희망이라는 것이 얼마나 중요한지를 생각했다. 어떠한 경우에도 절망하고 포기해서는 안 되고, 믿음과 희망을 가져야 함을 알 수 있었다.

기적은 인간이 할 수 있는 일이 아니고 신(神)이 할 수 있는 일이다. 그러나 인간에게 가능성을 주었다.

바로 믿음과 희망이다. 절망과 포기가 아닌, 믿고 바라고 희망하는 곳에 기적이 이루어지도록 했다. 희망할 수 있는 것은 믿을 수 있기 때문이고, 믿을 수 있는 것은 사랑하기 때문이다. 절망하고 포기해서는 안 된다. 어떠한 경우라도 믿음과 희망을 포기해서는 안 된다.

23.

나이가 들수록
눈에는 힘을 주어야 한다

《환경저널》칼럼 2022.12.5.

11.22일자《조선일보》'행복한 노후 탐구'에 실린 내용이다.

"노인대국 일본에서 65세 이상 고령자 사고 669건을 분석했더니,
전체 건수의 77.1%가 집에서 발생했다고 한다.

한국에서도 비슷한 결과가 나왔다. 한국소비자원이 발표한 자료
에 따르면, 65세 이상 고령자 안전사고는 집안에서 발생하는 낙상
사고(63%)가 가장 많았는데, 주로 화장실이나 욕실 바닥에서 미끄
러지거나 침대에서 떨어지는 사례라고 한다. 노년층은 20~30대에
비해 균형 감각이 최대 80%까지 떨어지는 만큼, 어디서든 중심을 잡
고 걷는 습관을 가져야 한다고 한다. 집안 사고를 예방하려면, 집을
어둡게 하는 간접 조명도 피해야 하고, 전구를 밝은 것으로 바꾸거나
추가로 더 달아야 하며, 밤중에 화장실을 자주 간다면 불도 켜 두어
야 한다고 한다.

평소 몸의 중심을 잡고 행동하는 습관을 가져야 하는데, 내가 몸의 중심을 얼마나 유지할 수 있는지 체크하는 방법으로는 '15초 한 발 서기 테스트'라는 게 있다. 눈을 뜬 상태로 한 발로 15초 이상 서 있을 수 있으면 신체 균형을 잘 잡는 상태라고 판단할 수 있지만 15초 미만이라면 중심이 불안정해서 넘어지기 쉬운 상태이니 주의해야 한다고 한다. 눈을 감고 한 발 서기를 한다면 10초만 넘겨도 괜찮다고 한다. 이렇게 평소에 한 발 서기 시간을 확인해 보는 것만으로도 저절로 운동이 된다는 것이다.”

필자는 기사 내용을 읽고 직접 체험한 몸의 중심 잡기 방법 한 가지를 제시하고자 하는 것이다. 필자는 태권도 지도자 자격증을 가지고 있다. 이 말을 하는 것은 얘기의 신뢰성을 주고자 하는 것이다. 모든 운동은 중심에서 중심으로의 이동이다. 태권도도 마찬가지다. 그래서 필자는 젊은 시절 걸을 때나 무엇을 할 때나 항상 몸의 중심을 잡으려고 노력했고 그리고 잘 잡혔다. 욕실에서 발을 닦을 때에도 몸을 구부리지 않고, 한 발로 서서 다른 발을 무릎까지 올려 그 상태로 몇 분이고 닦을 수 있었다.

그런데 나이가 들면서 그자세가 안 되고 자꾸만 중심을 잃고 넘어지려고 하는 것이다. 하는 수 없이 두 발을 바닥에 대고 허리를 구부려 닦아야만 했다. 그리고 바지를 입을 때에도 넘어지지 않도록 몸을 벽에 기대고 서서 입는다.

이유가 뭘까. 왜 한 발 서기가 안 되는 것일까 하고 생각했다. 그런데 그 원인을 알 수 있었다.

나이가 들면 힘도 떨어지고 눈에도 힘이 없어 사물을 정확히 보려고 하지 않는다. 적당히 본다. 그것이 잘못이다. 그래서 중심을 잡을 수 없고 넘어지는 것이다. 보는 눈이 문제였다. 원인을 안 후부터는 눈을 똑바로 뜨고 사물을 정확히 보며 초점을 고정시킨다. 그렇게 하니 중심도 잘 잡히고 넘어지지 않는 것이다. 눈이 침침해 잘 보이지 않는다고 해서 대충 보려고 하니 중심이 잡히지 않고 넘어진다. 계단을 이용할 때에도 눈에 초점이 없으니 자신감이 없고 그래서 사고로 이어진다. 호랑이에게 물려가도 정신을 똑바로 차리라는 말이 이런 말이 아닌가 생각된다.

지금은 길을 걸을 때나 무엇을 할 때나 그런 자세로 중심을 잡으니 자신감도 생긴다. 특히 한 발 서기를 할 때에는 한 지점에 초점을 맞추고 정확히 보고 있으면 한 발 서기가 얼마든지 가능해진다. 15초가 아니라 그 이상도 중심을 잡을 수 있다. 사람에 따라 다를지는 모르겠지만 필자가 직접 체험한 일이다. 한번 테스트해 보는 것도 좋을 것 같다.

방법을 다시 얘기하면 눈을 크게 똑바로 뜨고 한 지점에 초점을 맞추어 끝까지 정확히 보고 한 발로 서면 그렇지 않았을 때와 확연한 차이를 알 수 있게 된다. 65세 이상 노령자들의 안전사고 63%가 중심을 잃고 넘어져 생기는 사고다. 나이가 먹었으니까 그러려니 생각하지 말고, 매사에 사물을 정확히 보고 그리고 자신감을 갖고 행동하는 생활 습관이 필요하지 않은가 생각된다. 나이가 들수록 힘은 빠져도 눈에는 힘을 주어야 할 것 같다.

24.
철없는
신부님들

《환경저널》칼럼 2022.11.28.

《조선일보》보도(2022.11.14자)에 의하면, 성공회 원주 나눔의 집 신부가 대통령 전용기 추락을 염원한다는 글로 사제직을 박탈당한 데 이어, 천주교 대전교구 신부는 지난 12일 출입문이 열린 대통령 전용기에서 윤석열 대통령 부부가 추락하는 합성 사진을 포스팅하고, 또 이태원 사고와 관련해서는 "경찰분들!!! 윤석열과 국짐당이 여러분의 동료를 죽인 것입니다. 여러분들에게는 무기고가 있음을 잊지 마십시오."라는 글을 올렸다.

이게 무슨 말인가. 무엇을 어쩌자는 말인가. 신부들의 말과 글이라고 믿기에는 어렵다. 아무리 미워도 표현이 성직자는 성직자다워야 한다. 어떻게 사람을 비행기에서 추락해 죽으라고 저주할 수 있고, 여러분들에게는 무기고가 있다는 말을 할 수 있는가. 참으로 두렵고 참담하다. 반대편에 있는 정치인들도, 국민들도 그 정도의 언행은 하지 않는다.

예수가 세상에 온 것은 용서하기 위해 왔다. 모든 사람들이 서로 사랑하고 일치하게 하기 위해 왔다. 그리스도인들은 예수를 따르는 사람들이고 그렇게 닮아 가는 사람들이다. 그리고 성직자는 그러한 그리스도인들을 지도하고 인도하는 사람들이다. 용서하고 사랑하고 일치하도록 지도하는 사람들이 성직자다. 그것이 성무(聖務)의 핵심이다. 물론 성직자도 정치적 발언은 할 수 있다. 그러나 공적으로 발언해서는 안 된다. 이유는 공동체의 책임자이고, 사회적으로는 정신적 지도자이기 때문이다. 책임자나 지도자가 정치적 발언을 하게 되면 공동체는 분열된다. 교회가 분열을 조장해서야 되겠는가. 사랑으로 일치 돼야 할 공동체와 사회가 분열돼서야 되겠는가. 그런데 일부 철없는 성직자들의 이러한 언행이 사회적 물의를 일으키고 있다.

예수는 자신이 할 일에만 충실했지 정치에 관여하지 않았다. 성서에 "사람은 누구나 위에서 다스리는 권위에 복종해야 합니다. 하느님에게서 나오지 않는 권위란 있을 수 없고, 현재의 권위들도 하느님께서 세우신 것입니다. 그러므로 권위에 맞서는 자는 하느님의 질서를 거스르는 것이고……" 또 "황제의 것은 황제에게 돌려주고, 하느님의 것은 하느님께 돌려 드려라"하고 있고, 또 "조세를 내야 할 사람에게는 조세를 내고 관세를 내야 할 사람에게는 관세를 내며……"라고 얘기하고 있다. 이 말이 무엇을 뜻하는 말인가. 하느님의 질서를 거스르지 말라는 말이다. 질서는 사랑이다. 질서 없이는 사랑도 있을 수 없다는 말이다. 그리스도인들은 질서를 지키는 사람들이다. 물론 한 두 사람의 철없는 일탈이라고 할 수 있겠지만 그럼에도 불구하고 현실의 교회를 점검하고 반성할 필요가 있다.

또 정의구현사제단 신부들은 이태원 참사로 죽은 고인들의 명단을 공개했다. 그러면서 교회에서는 죽은 이들을 호칭하며 미사를 드린다고 하며 그것이 패륜이라고 한다면 백번 천 번도 하겠다고 한다. 이 말 또한 무슨 말인가. 교회의 상황을 이해할 수 있도록 설명하면 될 일이지, 백번 천 번은 또 무슨 말인가. 오기(傲氣)인가? 어리석고 딱하다. 죽은 이들을 호칭하며 미사 드리는 것은 맞다. 그런데 그것은 유족들의 동의가 있을 때 할 수 있는 것이 아닌가. 적어도 반대하는 경우에는 할 수 없는 것이 아닌가. 아니면 의사 표시를 할 수 없는 무연고자들일 경우에는 모르겠지만, 유족들이 있는 경우에는 원의(願意)가 있어야 한다. 그중에는 불교 신자도 있을 수 있고, 아니면 천주교 방식을 원하지 않는 사람들도 있을 수 있다. 그런 것을 유족들의 의견도 묻지 않고 교회 방식이 그러니 일방적으로 백번 천 번 한다는 말이 될 말인가. 그런 미사가 무슨 의미가 있는가. 성서 어디에 형제가 원하지 않아도 할 수 있다라고 말 하고 있는가. 사회적 갈등을 일으킬 수 있는 일들에 대해서는 교회는 그렇게 해서는 안 되는 것이 아닌가.

예수는 자신을 배신한 유다에게도 저주하지 않았다. 자신을 십자가에 못 박아 죽인 사람들에 대해서도, 창으로 찌른 사람들에 대해서도 그들의 잘못을 용서해 달라고 빌었다. 이것이 그리스도인이고 성직자다.

25.

이태원 참사가
말해 주는 것

《환경저널》 칼럼 2022.11.21.

2022년 10월 29일 밤 10시경, 핼러윈 축제가 한창이던 이태원에서 일어나서는 안 될 최악의 압사 사고가 발생했다. 날벼락 같은 일이다. 참사가 난 장소는 용산구 이태원로 7가에 위치한 H호텔 옆 약 50m 거리의 내리막 골목길이다. 길 위쪽은 폭이 5m 이상이지만 아래쪽은 3.2m로 좁아지는 곳이다.

생각할 수 없는 사고로 무려 156명의 젊은이들이 사망하고, 173명이 부상을 입었다.

희생자들 대부분은 친구들과 축제를 즐기러 갔던 20~30대의 MZ세대들이다. 화재나 붕괴, 또는 불가항력인 천재지변도 아니면서 이렇게 많은 이들이 목숨을 잃은 것이다.

사회적 거리 두기가 끝나고 처음으로 맞이한 핼러윈 축제다. 그런데 좁은 골목길 아래와 위에서 엄청난 인파가 서로 밀려 들어오면서 뒤엉

키게 되었고 그런 중에도 계속 밀려오는 인파들에 의해 끔찍한 사고가 발생하게 된 것이다. 인파 속에 끼어 자기의 의지로는 몸도 가눌 수 없고 숨도 쉴 수 없는 상태에서 서로 떠밀리듯 움직일 수밖에 없었다.

전문가들은 이를 '크라우드 서지(Crowd Surge)' 현상이라고 한다. 군중 밀도가 1㎡당 9명 이상이 되면, 목표한 대로 이동이 불가능해지고 의지와 상관없이 군중의 흐름에 쏠려 다니게 되는 '군중 파도(Crowd Surge)' 현상이 발생한다는 것이다. 이 상태가 되면 사람들은 패닉에 빠지게 되고, 밀침을 당한다고 느낄 수 있게 되는데, 당일 참사 현장의 군중 밀도는 1㎡당 16명 정도라고 하고 있다. 아비규환이고 지옥 자체였으며 죽음의 공포였다.

"파도처럼 밀려가다가 딱 멈췄어요. 내 의지로 움직인 게 아니었어요."

"아비규환이었어요. 진짜. 그냥 지옥이었어요. 지옥…"

"완전 압박이 돼서 숨을 못 쉬는 거예요. 이대로 죽겠구나, 진짜로…"

"구조대원이 친구에게 심폐소생술을 하고 있는데… 미동이 없는 거예요 얘는 지금 세상에 없고, 저희는 살아 있잖아요. 그냥 그 자체가 죄책감이 드는 거예요."

11월 4일자 《조선일보》에 게재된 생존자들의 증언이다.

상상도 못했던 갑작스런 죽음 앞에서 그 순간 사랑하는 가족들이 얼마나 생각났고, 그리고 얼마나 무섭고 두려웠을까. 또 자식의 마지막 얼굴도 보지 못하고 말 한마디 해 주지 못한 가족들의 마음은 어땠을까. 진정 꿈이었기를 얼마나 바랐을까. 안타깝기만 하다.

왜 그걸 막지 못했는지. 왜 생각하지 못했는지. 의미 없는 얘기겠지만 아주 간단한 일을, 아무것도 아닌 일을, 일방통행만 하게 했어도 이런 참사는 일어나지 않았을 것을 말이다. 참으로 안타깝고 비통한 마음일 뿐이다. 우리 모두의 책임이다.

그러한 가운데 더욱 분노케 하는 것은 책임 있는 공직자들의 행태다. 분초를 다투어야 하는 시간에 보고받아야 할 책임자는 보이지 않고, 국외도 아닌, 같은 공간에서 디지털 시대에 몇 시간씩 지나서야 보고가 이뤄지고 있다. 책임 있는 공직자들이라 할 수 없다. 분명 잘잘못이야 가려 지겠지만 이런 무책임한 행태들이 분노케 하는 것이다. 응분의 책임을 져야 한다. 그럼에도 나라가 존속할 수 있다는 것이 기적이 아닐 수 없다.

또한 이러한 가운데 사태를 기회로 삼아 참사를 정치와 연결 지어 정쟁의 도구로 삼으려 하는 사람들이다. 말할 때가 있고 하지 않을 때가 있다. 남의 슬픔과 아픔은 아랑곳하지 않고 참사를 이용해 정쟁에 이용하려는 행태는 처참함을 넘어 또한 분노케 한다. 우리 모두에게 묻고 싶다. 그렇게 말하는 우리 모두는 죽음 앞에서 잘한 것이 무엇이 있는지 묻고 싶다. 부정적으로 생각하고 잘못만을 들춰내려고 한다면 언젠가는 내 잘못도 드러난다. 이해하고 감싸야 한다. 그때 내 잘못도 감싸

진다.

우리는 오늘의 이 일을 값진 교훈으로 삼아 두 번 다시는 같은 일이 일어나지 않도록 해야 한다. 그것만이 고인들에 대한 도리라고 생각한다. 고인들의 명복을 빈다.

26.

행복한
노후 탐구

《환경저널》 칼럼 2022.11.07.

은퇴는 평생 함께해 온 직장을 떠나 이제까지와는 다른 새로운 부부의 관계를 만들어 가야 하는 시기다. 자녀들은 다 떠나고, 부부끼리만 보내는 시간이 늘어나기 때문이다. 《조선일보》 '행복한 노후 탐구'가 지난 7월 SM C&C 설문조사 플랫폼인 '틸리언 프로(Tillion Pro)'에 의뢰해 성인 남녀 225명을 대상으로 조사한 내용이다.

"'정년퇴직 이후 부부 사이가 좋아졌느냐'는 질문에 '관심 없다'는 응답이 전체의 33%로 가장 많았고, '나빠졌다'는 응답은 30%로 뒤를 이었다. '부부 사이가 좋아졌다'는 응답자는 전체의 8%에 그쳤다. 또, 같은 자료에 의하면 일본은 2020년 기준 황혼이혼 비율이 21.5%로 역대 최대치를 기록해 지난 1990년(13.9%)과 비교하면 50% 이상 늘어난 수치라고 한다."

인생에서 부부가 가장 잘 지내야 하는 시기는 노년기인데, 현실은 그러지를 못하다는 얘기다. 그러면서 '행복한 노후 탐구'에서는 은퇴 후 어떻게 해야 긴 시간을 서로 갈등하지 않고 잘 지낼 수 있는지의 좋은 방안들이 제시되고 있다. 필자는 그 내용을 읽으면서 아래의 경우도 또 하나의 방안이 될 수 있지 않는가 하는 의미에서 얘기하고자 하는 것이다.

요즘 여러 가지 이유들로 쉽게 이혼하는 가정들이 많이 있다. 예를 든다면 경제적 파산으로 부부 사이가 힘들어져 별거를 하거나 이혼까지 하는 경우가 많다. 그런데 경제적 문제가 발생했다고 해서 꼭 그래야만 해서는 안 되는 것이다. 결별한다고 해서 얻어지는 것도 더 나아지는 것도 없다. 그런데 쉽게 결별들을 한다. [우리나라의 경우 통계청 2022년 9월 자료, 조이혼율은 2천명당이고 1년간 총 이혼 건수는 101,673건이다. 결혼 20년 이후 황혼 이혼 비중은 전체 이혼의 3분의 1(31.2%)에 육박한다.]

결론부터 얘기하자면 부부는 누구의 잘못이던지 간에 어려움을 참고 견뎌 내야 한다. 결코 가정이 분해되거나 갈라서는 일이 있어서는 안 된다. 부부란 갈라설 수 없는 관계다. 한 몸이다. 자식들로 연결된 한 몸이다. 하나의 가정은 어떠한 경우에도 지켜지고 유지돼야 한다. 어려운 과정을 참고 넘기는 것이 삶이고, 그 과정 속에서 성숙되고 완성되어 가는 것이다. 부부가 결별하게 된다면 경제적 손실만 있는 것이 아니라 가정도 잃는 것이고 얻는 것보다는 잃는 것이 많고 길게는 후회하는 삶을 살게 된다. 당시에는 모르지만 과정을 잘 견뎌 낸 사람들은 시간이 흐른 뒤 참 잘했다. 잘 견뎌 냈음을 스스로 인정하게 되고 그리고 부부의 소중함을 진정으로 깨닫게 된다.

그 깨달음은 지식적인 것도, 의지적인 것도 아니다. 어려운 시간을 함께 싸워 온 동지애? 전우애? 같은 감정을 서로 공유하게 되고 그 공유 속에서 진정한 인간애를 그리고 부부애를 느끼게 된다. 참고 견뎌 낸 시간만으로 끝나는 것이 아니라, 진정한 사랑을 깨닫게 되고 삶이 성숙되고 완성돼 가는 것이다. 비바람을 견뎌 낸 나무의 옹이와도 같이 어떠한 사랑보다도 완전한 사랑으로 성숙된다. 그리고 상대에 대한 연민과 사랑의 마음으로 변화된다. '그동안 얼마나 힘들었을까.', '표현도 말도 하지 못하고 혼자서 얼마나 고통스러웠을까.' 하는 생각을 갖게 되고, 아쉽고 없어서는 안 될 귀중한 존재와 사랑으로 변하게 된다. 결별이라도 했더라면 어찌했을까 하는 안도의 생각도 갖게 되는 것이다.

부부는 어떠한 경우라도 갈라서서는 안 된다. 참고 견디며 서로를 지켜야 한다.

그것이 당연한 삶이다. 그것이 후회 없는 삶이고, 잘한 선택의 삶이며 그것이 바로 행복한 노후 탐구의 삶이다.

27.

행복한
사람들

《환경저널》칼럼 2022.11.01.

우리의 삶의 목표는 행복이라 할 수 있다. 행복이란 '생활 속에서 충분한 만족과 기쁨을 느끼는 상태'다. 만족과 기쁨을 느끼지 못한다면 행복이라 말할 수 없다. 또한 행복은 주관적이지만 객관적이기도 하다. 혼자서 무조건 행복하다고 해서 행복이라고 말할 수는 없다. 옳지 못한 방법으로 부요하게 산다고 해서 행복이라 말할 수 없고, 형제들은 못 먹고 못사는데 혼자서 잘 먹고 잘산다고 해서 행복이라 말할 수 없으며, 시한부 암 환자가 자신의 죽음을 모르고 만족을 느끼며 산다고 해서 행복이라 말할 수 없다. 행복은 함께 느낄 수 있을 때 진정한 행복이 된다.

또한 세상적 가치가 행복이 될 수는 없다. 물질이나 명예나 권력자체가 행복이 될 수 없다는 얘기다. 물질적 부요와 권력을 누리며 편안한 삶을 산다고 해서 행복한 것은 아니다. 잘 먹고 잘 산다고 해서 행복이라 말 할 수 없고, 높은 지위에 있다고 해서 행복이라 말 할 수 없다. 경제적으로 잘사는 나라들의 행복 지수가 그렇지 못한 나라들의 행복지수보다 반드시 높은 것도 아니다.

행복은 깨닫고 느끼는 것이다. 행복을 가지고도 행복을 깨닫지 못한다면 행복일 수 없다. 어린아이에게는 값진 보석을 쥐어주어도 보석의 가치를 모르는 것과 마찬가지로 물질을 가지고도, 명예와 권력을 가지고도 진정한 만족과 기쁨과 그리고 마음의 평화를 얻지 못한다면 행복이 될 수 없다. 불행한 사람은 행복을 알지만, 행복한 사람은 불행을 모른다. 그래서 행복이 행복인 것을 모른다. 그것이 불행이다.

오래전 어느 한 TV 프로에 소개된 85세(당시)의 노인이 있었다. 교통사고로 식물인간이 되어 22년간 병상에 누워 있는 아들과, 치매와 파킨슨병에 걸린 부인을 8년 동안 돌보고 있는 할아버지에 대한 얘기다. 부인과 아들은 한 병원 한 공간에 있어도 서로를 알아보지 못한다. 할아버지는 돈도 명예도 권력도 원하지 않는다. 오직 바라고 원하는 행복은 가족들이 서로를 알아볼 수 있고 옛날처럼 오손도손 살아갈 수 있는 것이다.

우리는 가진 것이 많다. 그런데도 무엇을 얼마나 가졌고, 가지고 있는 그것들이 얼마나 행복인 것을, 얼마나 많은 축복인 것을 모른다. 또한 그러한 것이 그렇지 못한 사람들에 대해 교만이 되고 죄가 된다는 것도 모른다. 그러면서 가지고 있지 않은 것에서 행복을 찾으려 한다.

그것이 불행이다. 행복은 세상적 가치 자체가 아니고 얼마만큼의 소유 기준도 아니다. 건강한 팔 다리를 가지고도 불행한 사람이 있는가 하면 '걸을 수만 있다면 얼마나 행복할까.'를 생각하는 사람이 있고, 두 눈을 가지고도 불행한 사람이 있는가 하면 '볼 수만 있다면 얼마나 행복할까.'를 생각하는 사람도 있다. 또한 집 밖의 자연을 그리워하는 사람이 있는가 하면 한 칸의 집을 그리워하는 사람이 있다.

행복은 상대적이기도 하다. 배가 고파 봐야 배부름의 가치를 알고, 불행해 봐야 행복의 가치를 알 수 있듯이 배가 고파 봐야 하고 불행도 겪어 봐야 한다. 배가 고픈 사람, 가진 것이 없는 사람은 작은 것 하나에도 행복할 수 있고 김치 반찬, 나물 반찬 하나에도 행복할 수 있다. 그러나 배가 부른 사람, 가진 것이 많은 사람은 고기반찬으로도 행복해질 수 없다. 불행이 주는 행복을 모른다.

가진 것은 없지만 행복하게 살아가는 사람들이 있고, 병상의 고통 중에도, 또는 물질적 시련과 아픔 중에도 행복을 느끼며 살아가는 사람들이 있다. 물질과 행복은 별개의 것이기 때문이다. 살아가는 데 있어서 좀 더 편리하다는 것뿐이지, 편리한 것 자체가 행복일 수 없고, 풍요 자체가 행복일 수 없다. 행복은 가지고 있는 것에서 찾고 깨닫는 것이다. 가지고 있지 않은 것에서 찾는다면 그것이 욕심이고 불행이다. 지금 내가 얼마나 많이 가졌고, 그 가진 것들이 얼마나 행복인 것인지를 깨달아야 한다. 깨닫지 못한다면 행복은 없다. 깨닫고 감사해야 한다.

28.

기초연금 지급 기준
잘못됐다

《환경저널》 칼럼 2022.10.24.

　국민의힘은 제26회 노인의 날을 맞아 "어르신들의 생활 안정을 위해 기초연금을 40만 원까지 단계적으로 인상하는 안을 추진하고 있다."고 밝혔고, 민주당 역시 "기초 노령연금은 월 40만 원으로 모든 노인으로 점차 확대하겠다."고 하고 있다.

　기초연금(기초노령연금)은 기초연금법 제1조(목적)에 의거 노인들의 생활안정 지원과 복지증진을 위한 제도로 2008년1월부터 시행되어 온 구 '기초노령연금(2014년 5월 20일 폐지)'제도의 후신이다. 수급 대상자는 만 65세 이상이고 대한민국 국적을 가지고 국내에 거주하는 사람 중 가구의 소득인정액이 선정기준액 이하인 사람으로 돼 있다.

　그런데 얘기했듯이 본 제도의 취지는 노후를 준비하지 못한 현실의 경제적으로 어려운 노인들을 도와주기 위한 제도다. 그런데 그러한 제도에 잘못된 부분이 있어 지적 하고자 하는 것이다. 일부 지급 대상에서 제외되는 분들에 대한 얘기다. 다 열거 할 수는 없지만, 예를 든다면 공무원 연금법에 의해 퇴직 당시 연금지급 대상자(근속 20년 이상자)로서 퇴직연금일시금으로 지급 받은 분들의 대한 얘기다. 이 분들은 기초연금 지급 대상에서 제외되고 있다. 그 이유가 무엇인지 모르겠지만, 본 제도의 취지가 현실의 어려운 노인들을 도와주자는 취지라면 그렇다면 현재의 경제적 상황이 어려우냐 아니냐가 판단의 기준이 돼야지, 퇴직금을 일시금으로 지급 받은 것이 무슨 지급 기준이 되느냐 하는 것이다.

기초연금을 지급 받지 못하는 분들 중에는 집 한 칸 없이 월세 방에서 어렵게 생활하는 분들도 많다. 또 기초연금을 받는 분들 중에는, 받지 못하는 분들보다 경제적 상황이 좋은 분들도 많다. 그런데 몇 십 년 전에 퇴직연금일시금으로 지급받은 것이 무슨 죄라도 되는 것인가. 국가에 대하여 죄라도 졌다는 말인가. 모든 법과 규정은 현재와 미래를 위해 존재한다. 과거를 위해 존재하는 것이 아니다. 혹 과거의 기준이 적용된다 하더라도 이 경우는 현재의 기준(어려우냐, 아니냐)이 더 중요하다.

그리고 퇴직일시금으로 지급 받은 분들은 또한 그럴만한 이유가 있는 분들이다.

공무원 퇴직일시금 이래야 고작 2~3억 원 정도다. (직급과 근속 연 수에 따라 다를 수 있다) 그럼에도 어쩔 수 없이 일시금으로 지급받았다는 것은, 퇴직 당시 부채 등 경제적 어려움에 처해 있던 분들이라 할 수 있다. 그러기에 현실에 있어서도 경제적으로 더 어려움이 있을 수도 있다. 물론 퇴직일시금이 아닌, 매월 퇴직연금으로 지급 받고 있는 분들은 당연히 지급 대상에서 제외되고 있다. 그것은 맞다. 그렇다면 그분들과 형평성이라도 맞추기 위한 이유인가. 그렇다면 그 기준이 잘못됐다는 얘기다. 현실의 어려운 노인들을 도와주자는 제도인데 과거에 무엇을 한 것이 무슨 이유가 되는가. 마치 예전에 잘 살았으니 지금 힘들게 살아도 지급 할 수 없다는 논리와도 같은 것이 아닌가. 지급액을 인상하는 것도 중요하지만 경제적 어려움에 처해 있는 노인들의 구석구석 면면을 꼼꼼히 잘 살필 수 있는 진정한 복지정책이 돼야 한다.

다시 한번 생각해 보자. 본 제도의 취지는 현실의 경제적 어려운 노인들을 도와주자는 제도다. 현재의 경제적 상황이 지급 기준이다. 과거의 일과는 아무 상관이 없다. 입법부와 행정부의 관련 책임자들은 본 제도의 문제점을 직시하고 조속히 수정 보완해야 할 것이다.

29.

참고, 용서하고,
사랑할 수 있다

《환경저널》칼럼 2022.10.17.

우리는 세상을 살아가면서 힘들어하고 좌절하고 미워하고 갈등하며 살아간다. 그런데 이 모든 것들에 대해 참고 용서하고 사랑하며 살아갈 수 있다.

우리의 삶은 짧다. 너무나도 짧은 잠시의 삶이다. 무한의 시간 속에 너무도 짧은 잠시의 순간이고, 그 순간은 기억도 흔적도 없이 사라진다. 그러므로 우리는 잠시의 순간에 미워하고 갈등하고 욕심내고 집착할 이유가 없다. 아쉬울 수밖에 없고 아끼고, 이해하고, 사랑할 수밖에 없다. 그런데도 우리는 미워하고 아파하고 집착하고 갈등하며 살아간다.

'잠시라는 것의 지혜'를 알기에 시련은 시련일 수 없다. 아주 짧은 잠시의 순간이기 때문이다. 그런데 우리는 착각한다. 영원할 것처럼 착각한다. 그러기에 시련은 시련일 수밖에 없다. 또한 '잠시라는 것의 지혜'를 알기에 고통은 고통일 수 없다. 아주 짧은 잠시의 순간이기 때문이다. 그런데 우리는 착각한다. 영원할 것처럼 착각한다. 그러기에 고통은 고통일 수밖에 없다. '잠시라는 것의 지혜'를 알기에 절망할 수 없다. 아주 짧은 잠시의 순간이기 때문이다. 그런데 우리는 착각하고 있다. 영원할 것처럼 착각한다. 그러기에 절망은 절망일 수밖에 없다. '잠시라는 것의 지혜'를 알기에 욕심낼 수 없다. 아주 짧은 잠시의 순간이기 때문이다. 그런데 우리는 착각하고 있다. 영원할 것처럼 착각한다. 그러기에 욕심을 내고 또 욕심낸다.

'잠시라는 것의 지혜'를 알기에 참고 인내할 수 있다. 아주 짧은 잠시의 순간이기 때문이다. 그런데 우리는 착각하고 있다. 영원할 것처럼 착각한다. 그러기에 참지 못하고 미워하며 갈등한다. 또한 '잠시라는 것의 지혜'를 알기에 용서할 수 있다. 아주 짧은 잠시의 순간이기 때문이다. 그런데 우리는 착각하고 있다. 영원할 것처럼 착각한다. 그러기에 이해하지 못하고 용서하지 못한다. 또한 '잠시라는 것의 지혜'를 알기에 미움도, 미련도, 아픔도, 부족함도, 모두 다 참고 웃어넘길 수 있다. 그리고 아쉬워하고 사랑할 수 있다. 아주 짧은 잠시의 순간이기 때문이다. 그런데 우리는 착각하고 있다. 영원할 것처럼 착각한다. 그러기에 사랑하지 못하고 미워하고 아파하고 번뇌한다. '잠시라는 것의 지혜'를 깨닫지 못하고 있다. 바보스러움이다.

잠시라는 것은 마치 뜨거운 한증막(불가마)에서 즐기는 것과도 같다. 그러나 잠시이기에 참고 인내할 수 있고 즐기며 만족할 수 있다. 잠시라는 것을 모른다면, 영원할 것이라고 생각한다면, 잠시라도 참고 인내할 수 없다. 불가능하다. 지레 지칠 수 있다. 그러나 잠시라는 것을 알기에 뜨거운 열기도, 답답함도, 고통스러움도, 즐거운 마음으로 참고 인내한다.

마찬가지다. 우리의 삶도 잠시 잠깐일 뿐이다. 너무나도 짧은 잠시의 순간일 뿐이다. 어떠한 고통과 시련에도 절망할 수 없고, 어떠한 부족과 궁핍에도 집착할 수 없는 잠시의 순간일 뿐이다. 영원할 것처럼 착각해서는 안 된다. 착각하는 것만큼, 깨닫지 못하는 것만큼 갈등하며 어렵고 힘든 삶을 살게 된다. 잠시의 순간이다. 아쉬워하고, 아끼고, 이해하고, 용서하고, 사랑할 수밖에 없는 잠시의 순간이다.

하루살이에게는 아픔이 아픔일 수 없고 미움이 미움일 수 없다. 오늘 하루 존재할 수 있는 것이 감사일뿐이다.

우리의 삶이 하루살이의 삶과 다를 것이 있는가. 아파하고, 미워하고, 갈등할 이유가 있는가. 그럴 이유가 없다. 오직 오늘 존재할 수 있는 것이 감사일 뿐이고 아쉬움일 뿐이다. 아픔도, 미움도, 갈등도, 그 무엇들도 다 아끼고, 아쉬워하고, 사랑해야만 할 대상들일 뿐이다. 참고 용서하고 사랑해야 한다.

30.
우리가
존재하는 이유

《환경저널》칼럼 2022.10.11.

우리의 삶에는 많은 고통들이 있다. 죽음의 고통, 질병의 고통, 빈곤의 고통 등 많은 고통들이 있다. 그러기에 고해(苦海)라 하여 삶 자체가 고통임을 얘기해 주고 있다. 그러나 이러한 고통이나 아픔들에 대해 두려워하거나 걱정할 필요는 없다. 그것들은 우리가 사랑하고 나누고 보살펴 줄 대상들이며 대상 없이는 사랑할 수도, 나눌 수도, 보살필 수도 없기 때문이다.

세상에 고통도 아픔도 빈곤도 없다고 한다면 거기에는 사랑하고 나누고 보살펴 줄 일도 없기에 그러한 세상은 삭막한 세상으로 느껴질 것이다.

빛이 어두움 때문에 존재하고 소금은 맛 때문에 존재하는 것처럼, 나눔과 사랑은 굶주리고 고통받는 이들이 있기에 존재한다. 고통과 아픔이 있다는 것은 바로 나누고 사랑할 수 있는 기회이며, 삶이 성숙될 수 있는 기회이다. 그러기에 세상의 삶은 걱정해야 할 고해가 아닌 아름다운 삶이라 할 수 있다.

고통과 아픔을 모르면 남의 아픔과 고통을 이해할 수 없고, 남의 아픔과 고통을 이해할 수 없으면 그 고통과 아픔에 일치할 수 없어 그들이 바라고 원하는 사랑을 할 수 없다. 지금 이 순간에도 지구상에는 매 5초마다 1명의 어린이가 단지 먹을 것이 없어 굶어 죽어 가고 있고, 10억여 명의 사람들이 배고픔과 만성적 영양실조에 시달리고 있으며, 먹을 것을 해결하기 위해 어린이 2억 5천만 명 정도가 노동에 종사하고 있다고 한다.

또 필자가 언제인가 명동성당 앞에 기아에 죽어 가는 어린이의 모습이 담긴 사진이 있었고, 그 밑 자막에는 "이 아이가 굶어 죽어 가는 것은 당신의 책임입니다."라고 쓴 글귀를 보고 처음에는 그 말을 이해할 수 없었으나 그러나 그 아이들이 죽어 가는 것은 바로 무관심한 우리들의 책임이고, 우리가 그들에게 나누어 주지 않았기 때문임을 깨닫게 됐다.

빛이 존재하는 것은 어두움이 있기 때문인 것과 같이, 사랑이 존재하는 것은 사랑받아야 할 대상이 있기 때문이고, 나눔이 존재하는 것은 나눔 받아야 할 대상이 있기 때문이며, 용서가 존재하는 것은 용서받아야 할 잘못한 대상이 있기 때문이다. 어두움이 없다면 빛이 존재할 이유가 없고, 배부른 자들만 있다면 나누어 줄 일이 없으며, 잘못함이 없다면 용서할 일도 없다. 그러므로 우리가 존재하는 것은 바로 우리의 사랑과 도움을 바라고 기다리는 고통받는 소외된 이들이 있기 때문이고, 그들이 있기에 우리가 존재해야 할 이유가 된다.

세상에 풍요로움만 있다면, 건강함만 있다면, 잘못함이 없다면 그래서 고통과 시련과 아픔이 없다면, 나누고 보살피고 용서하고 사랑해 줄 일도 없고 그래서 사랑이 존재할 일도 없으며 사랑이 완성되어 가는 일도 없을 것이다.

　캄캄한 어두움이 있기에 별은 더욱 빛나고 아름답다. 어두움 없이 빛만 존재한다면 빛의 의미와 가치를 알 수 없고, 고통 받고 소외되고 굶주린 이들이 없다면 우리가 존재할 가치와 의미가 없다. 그들의 아픔과 굶주림을 보고만 있고 우리의 책임과 의무를 하지 않는다면, 우리는 오늘도 그들을 죽이는 행위를 하는 것과 마찬가지일 수 있다. 잘못한 것만이 아니라 무관심한 것이 죄고 할 일을 하지 않는 것이 죄다. 우리의 책임과 의무를 해야 할 것이다.

31.

필요한
공직자

《환경저널》칼럼 2022.10.04.

"오늘날 백성을 다스리는 자들은 오직 거두어들이는 데만 급급하고 백성을 부양할 바는 알지 못한다. 이 때문에 하민(下民)들은 여위고 곤궁하고 병까지 들어 진구렁 속에 줄을 이어 그득한데도, 그들을 다스리는 자는 바야흐로 고운 옷과 맛있는 음식에 자기만 살찌고 있으니 슬프지 아니한가!"

"목민관은 오로지 정기(正己: 자기 자신을 바르게 함)와 청백으로, 청렴하지 않고는 능히 수령 노릇을 할 수 없다." 다산(茶山) 정약용의 얘기다.

여기서 목민관(牧民官)이 해야 할 일은 청렴 자체가 아니다. 청렴하지 않고는 수령노릇을 할 수 없다는 얘기다. 청렴은 과정이고 목표는 해야할 일이다. 그렇다면 수령이 해야 할 일은 무엇인가. 다시 말하면 공직자가 해야 할 일은 무엇인가. 백성의 안녕과 복지(福祉)다. 공직자는 오로지 국민의 봉사자로서 국민을 위해 일하는 사람들이다. 그리고 그 일에 대하여 책임을 지는 사람들이다. 그런데 요즘 공직자들은 여야를 막론하고 이해가 되지 않는다. 말은 국민을 위해 일한다고 얘기한다. 입만 열면 국민이다. 그런데 국민에 대한 생각은 전혀 없다. 목표가 무엇인지 과정이 무엇인지 또는 무엇이 잘한 것인지, 무엇이 잘못한 것인지를 모른다. 가치의 혼돈이다. 해야 할 일을 하지 않아서 국가에 손실이 왔고 국민에게 피해가 왔는데도 자신들은 잘못이 없다고 한다. 돈을 받지 않아서(뇌물), 부정과 결탁하지 않아서 잘못이 없다는 것이다. (돈을 받았는지 안 받았는지, 부정과 결탁했는지 안 했는지는 모른지만) 그렇다면 국민에게 돌아간 피해는 누가 책임져야 하는가.

공직자는 부정한 일을 하지 않아서 또는 돈을 받지 않아서 잘못한 게 없는 게 아니라, 해야 할 일을 하지 않으므로(잘못된 공무집행) 국민에게 피해가 왔다면 그것이 잘못이다. 거기에 대한 책임을 지는 것이다. 돈을 받고 안 받고는 과정이고 목적은 국민의 이익과 복지다. 공직자는 국민을 위해 봉사하는 사람들이고 국민의 행복을 위해 무한대의 책임을 져야 하는 사람들이다. 더욱 안타까운 것은 그것을 바라보는 국민들이다. 무엇이 과정이고 무엇이 목표인지 역시 혼돈하고 있다.

은행은 국민이 맡긴 돈을 잘 관리할 책임이 있다. 그런데 관리 소홀로 도난이라도 당했다면 책임이 없는가. 도둑과 결탁하지 않았기에 잘못이 없다고 할 것인가. 또 회사원이 사칙을 잘 지켰다고 해서 할 일을 다 한 것은 아니지 않는가. 회사를 위한 생산이 없다면, 또는 손실을 가져 왔다면 그것이 잘못 아닌가. 법을 지키는 일과 해야 할 일은 다르다.

필자도 평생을 공직자로 일해 왔다. 국가와 국민의 이익이 무엇인지를 늘 생각했다. 오늘도 국민들을 위해서 무엇을 할 것인지(고객 모두가 국민이다), 그리고 직원들을 위해 무엇을 할 것인지를 생각했다. 소신 있게 일했다. 가치의 기준이 국민이고 직원일 때에 두려움이 없다. 두려움은 국민이 아닌 자신의 이익을 생각할 때, 그리고 법과 규정에 얽매여 있을 때 두려움이 생긴다. 신념을 갖고 일했다. 노조의 6시간 감금의 물리적 힘에도 굴하지 않았다. 전혀 두렵지 않았다. 당당 했다. 내 개인을 위한 일이 아닌데 무엇이 두려운가. 자신의 이익이 아닌 국민만을 생각할 때 당당해지는 것이다.

공직자는 올바른 가치관을 가져야 한다. 과정과 목적을 혼돈해서는 안 된다. 중요한 것은 목적이다. 바로 국민을 위한 일이다. 그런데 과정이 올바르지 않으면, 다시 말하면 사익(私益)을 생각하거나, 부정과 결탁하게 된다면 올바른 목적을 달성할 수 없다. 오로지 국민만을 생각하고 국민의 이익만을 위해 희생할 수 있을 때 공직의 의무를 다할 수 있다. 그런 공직자가 필요한 때다.

32.
세대 간
갈등의 해소

《환경저널》칼럼 2022.9.26.

요즘 세대 간의 갈등이 인구(人口)에 회자(膾炙)되고 있다.

갈등이란 개인이나 집단 사이에 목표나 이해관계가 달라 서로 적대시하거나 충돌하는 상태를 말한다. 그러나 어느 정도의 갈등은 개인의 성숙과 집단의 발전을 위해 필요하다. 세대 간 갈등은 세대 간의 생각이나 문화적 차이를 이해하지 못하는데서 온다. 사람들이 모여 사는 세상에 갈등이 없을 수는 없지만 지나친 갈등은 피해야 한다. 세대 간 이해의 첫걸음은 서로 무엇이 다른지를 직시하는 것이다. 서로 다른 것을 알지 못하고는 갈등할 수밖에 없다.

그런 의미에서 세대별 특징에 대해서 알아본다.

X세대는 1960년대와 1970년대 베이비붐 세대 이후에 태어난 세대로 컴퓨터와 인터넷 사용 세대 중 가장 나이가 많다.

Y세대는 1980년대 초부터 2000년 사이에 출생한 세대로서 밀레니얼스(Millennials)로도 불린다. 컴퓨터 등 정보기술(IT)에 친숙하고 아날

로그와 디지털 문화가 혼재돼 있다.

Z세대는 1990년대 중반에서 2010년대 초반까지 출생한 세대로서 특징은 '디지털 원주민(Digital native)'이라 불리고 2000년 초반 정보기술(IT) 붐과 함께 유년 시절부터 인터넷 등의 디지털 환경에 노출된 세대답게 신기술에 민감할 뿐만 아니라 이를 소비 활동에도 적극 활용하고 있다.

MZ세대는 1980년대 초반에서 2000년대 초에 출생한 밀레니엄(M)세대와 1990년대 중반에서 2010년대 초에 출생한 Z세대를 아울러 이르는 말이다. 디지털 환경에 익숙하면서, 아날로그를 경험한 경계 사이에 있는 세대다.

2030세대는 'MZ세대'라고도 불리는데 우리나라 인구의 34%(1700여만 명)를 차지하고 있는 경제적인 측면에 중추적 역할을 하고 있는 세대다.

기성세대와 MZ세대와의 차이: 기성세대가 '우리'를 중요시한다면 MZ세대는 '나 자신'을 더 중요시하고, 기성세대가 위계질서 또는 서열을 중요시한다면 MZ세대는 수직적 서열에 반감을 가지는 '수평 세대'라 할 수 있다. 기성세대가 빈곤한 유년기를 거쳐 청년기, 중 장년기에는 풍요로운 생활을 하게 된 세대라면, MZ세대는 풍요로운 유년기로 인생을 시작해 청소년기에 IMF와 금융 위기를 경험하고 본인들의 취업과 결혼에 어려움을 겪고 있는 세대라 할 수 있다.

세대 차이의 원인: 기성세대는 산업화와 민주화를 경험하면서 국가

와 사회가 진보하고 기회의 문이 열려 가면서 개인의 생활은 향상되는 경험을 해 온 세대인 반면, MZ세대는 산업화의 과실로 인한 경제적 풍요 속에서 유년기를 시작했으나, IMF와 금융위기로 인해 가정의 경제적 어려움을 경험하고, 기회의 문 또한 좁아지는 경험을 해 온 세대다. 여기에다 정보화의 흐름 속에서 디지털 네이티브로 자라난 MZ세대가 자신들의 부모보다 더 많은 정보를 접하게 된 것이 세대 차이를 가져오는 주요 원인이 된다.

세대 간 갈등의 해소: 이러한 세대 간의 갈등을 해소하기 위해서는 소통과 이해가 필요하다. '대화의 장애가 갈등을 낳고, 경청과 이해가 갈등을 치유한다.' 세대 차이로 인한 세대 간 대화의 장애가 갈등의 원인이며 소통과 상호 이해가 세대 갈등의 해법이라 할 수 있다. 그런데 이해하기 위해서는 상대에 대해 알아야 한다. 그 세대의 역사와 문화와 특징 등에 대해 서로 알아야 한다. 세대 간 갈등뿐만 아니라 모든 갈등은 상대를 이해하지 못하고 내 입장에서만 생각하기에 갈등하게 된다. 상대방의 입장이 돼야 하고 그 위치에서 생각할 수 있어야 한다. 내 기준에 맞지 않는다고 해서 또는 젊은 세대라고 해서 틀린 것이 아니다. 그것은 나의 생각일 뿐이다.

이해하고 인정해야 한다. 기성세대는 요즘 젊은 세대들이 버릇이 없다고 얘기한다. 길거리에서 남녀가 서로 포옹하고 입맞춤을 한다. 그런데 기성세대가 젊은 시절에 남녀가 손을 잡고 데이트를 했다면 당시의 기성세대들 역시 버릇없다고 얘기했다. 시간 속의 모든 것은 변화한다.

역사도 변하고 문화도 변화 한다. 변화되지 않는 것이 없다. 그러기에 우리의 생각도 변화돼야 한다. 상대방 입장과 생각으로 변화 돼야 한다. 생각이 변화될 수 있다면 갈등은 해소될 수 있지만 변화될 수 없다면 갈등할 수밖에 없다. 갈등의 해소는 변화를 인정하고 생각이 변화되는 것이다.

소통과 이해와 생각의 변화가 갈등을 해소하는 방법이다. 변화돼야 한다.

33.
흐르는
물처럼

《환경저널》칼럼 2022.9.19.

물이 흘러가면서 거침없이 흘러가기도 하고, 바위에 부딪쳐 맴돌기도 하며, 벼랑에 떨어져 흐르기도 하고, 때로는 구렁에 갇혀 머뭇거리며, 산에 가로막혀 돌아가기도 한다. 바위가 없다면, 벼랑이 없다면, 구렁이 없다면, 물은 거침없이 흘러갈 수 있다. 그러나 그러지를 못한다. 그렇다고 물이 멈춰 선 적은 없다. 바위가 있다고, 벼랑이 있다고, 구렁이 있다고, 갈 길을 가지 못한다고 불평하지 않는다. 자연스러운 것이기 때문이다. 그러기에 물은 흘러갈 뿐이고 자신이 갈 곳으로 갈 뿐이다.

삶도 마찬가지다. 고통 속에서 괴로워할 때가 있고, 좌절할 때가 있으며, 힘들어하고 소외될 때가있고, 욕을 먹고 멸시와 수모와 창피를 당할 때가 있다. 또 때로는 오해를 받고, 억울함을 당하고, 분하고, 그리고 버림받을 때도 있다. 그러나 갈 길을 가면 된다. 그것이 삶이다.

모든 것이 자연스러운 것이다. 바위가 있으면 돌아가면 되고, 벼랑이 있으면 잠시 떨어졌다 가면 되며, 구렁이 있으면 머물다 가면 되고, 산이 있으면 돌아서 가면 된다. 물은 갈 길을 간다.

오해받을 수밖에 없기에 오해받고, 멸시받을 수밖에 없기에 멸시받으며, 버림받을 수밖에 없기에 버림받는다. 그럴 수밖에 없는 것을 그러지 않으려 하기에, 고통이고 아픔이며 갈등이 된다. 바위가 있는 것이, 벼랑이나 구렁이 있는 것이, 산이 가로 막혀 있는 것이 자연스러운 것처럼, 나를 실패하게 하는 요인들이 있는 것이, 나를 힘들게 하는 요인들이 있는 것이, 방해하는 사람들이 있는 것이 다 자연스러운 것이다. 왜 내가 가는 길에 있느냐고 얘기할 수 없고, 힘들게 하고 머뭇거리게 하느냐고 얘기할 수 없다. 내가 가는 것도, 상대가 거기에 있는 것도 다 자연스러운 것인데, 멈춰 서면 되고 맴돌아 가면 된다.

어쩌면 반대로 흘러오는 물이 가만히 서 있는 바위에게 장애가 될 수 있고, 벼랑이나 구렁에게도 장애가 될 수 있듯이, 마찬가지로 내 자신도 내게 장애로 생각되는 사람들에 대해 장애가 될 수 있고 힘들게 하는 요인이 될 수 있으며 실패하게 하는 요인이 될 수 있다. 그런 것을 내 입장에서 내 기준으로만 생각하고 갈등해서는 안 된다. 자연스러운 것임을 깨닫지 못하면 물은 멈춰 서야 하고, 우리는 갈등하고 힘들어할 수밖에 없다.

바위에 부딪친 물이 맴돌아 다시 흐르듯, 구렁에 빠진 물이 머물다 다시 흐르듯, 오해도 멸시도 버림받음도 다 그런 것이면 되고, 벼랑에 떨어진 물이 잠시 아픔을 안고 다시 흐르듯, 산에 가로막힌 물이 힘들지만 모롱이를 돌아 다시 흐르듯 실패도 좌절도 그런 것이면 된다.

그렇다고 해서 모든 것을 운명에 맡기고 가만히 있으면 된다는 얘기는 아니다.

중요한 것은 갈 길을 간다. 물이 멈춰선 적이 없고 멈춰 서서는 안 된다. 분명히 갈 길을 간다. 삶도 마찬가지다. 끝까지 가야 한다. 멈춰 서서는 안 되고 가고자하는 곳까지 목표하는 곳까지 끝까지 가야 한다.

34.
그럴 이유가
있는지

《환경저널》칼럼 2022.9.13.

바삐 살아가는 일상 속에서 잠시 뒤돌아 생각해 볼 필요성이 있지 않을까.

우리는 살아가면서 내 것에 대해 집착하며 살아간다. 좀 더 소유하기 위해 집착하고, 좀 더 나타내기 위해 집착하며, 좀 더 높이기 위해 집착한다. 또 건강을 위해 집착하고 오래 살기 위해 집착한다.

그런데 생각해 보면 내 것은 없다. 아무것도 없다. 어디서 와서 어디로 가는지도 모른다. 내가 나에 대해 아는 것은 아무것도 없고, 내가 나에 대해 한 일 또한 아무것도 없다. 손을 내가 만들지 않았고, 발을 내가 만들지 않았으며, 나라는 존재 또한 내가 만들지 않았다. 내가 만든 것은 아무것도 없다. 그런데 존재한다. 그러니 나는 내 것이 아니고 존재해 있는 것뿐이다.

그런데 내가 내 것이 아닌데 내 것이란 것이 무엇이고 내 것이 아닌 내 것에 집착할 수 있는가 하는 것이다. 내가 내 것이 아닌데 내 것도 아닌 내 자신에 집착하고, 내가 내 것이 아닌데 내 것도 아닌 내 손에 쥐어진 것들이 내 것이라고 집착하고 있으니 모순이 아니겠는가.

　우리의 삶은 잠깐 동안일 뿐이다. 아주 짧은 잠깐의 시간일 뿐이다. 주변의 사람들이 떠나고, 지금도 떠나가고 있으며 그리고 바로 잠시 후면 우리들 모두도 다 떠나간다. 이곳에 남아 있을 사람은 아무도 없다. 무한 속의 우리의 삶은 순간의 찰나일 뿐이다. 그런데도 무엇 때문에 내 것도 아닌 내 것에 집착하는지. 무엇 때문에 내 것도 아닌 내 것에 번뇌하고 갈등하는지. 모를 일이다.

　집착할 이유가 있는지. 번뇌할 이유가 있는지. 그럴 이유가 없다. 더욱이 그럴만한 이유가 없고, 그러할 필요가 없다는 것도 알고 있고 모순인 것도 알고 있다. 그런데 그럼에도 불구하고 내 것이란 것에 집착하고 힘들어하고 있으니 정녕 모를 일이다. 내 것도 아닌 내 것에 집착하는 것만큼, 번뇌하는 것만큼 바보스러운 일은 없고 미련한 일도 어리석은 일도 없는 것 같다.

　내려놓아야 하지 않겠는가. 필요 이상의 욕심을 내려놓아야 하고, 필요 이상의 집착도 내려놓아야 하지 않겠는가. 다른 이유가 없다. 내가 내 것이 아니기 때문이다. 그리고 겸허히 지혜를 찾아야 한다. 내 것도 아닌 내 것에 집착하는 어리석음과 교만을 버리고 지혜를 찾아야 한다.

　지혜는 내 것이란 것에 집착해 있는 동안에는 찾을 수 없고, 내 것이란 것에 번뇌하고 있는 동안에도 찾을 수 없으며, 내 것이란 것을 내 손에 움켜쥐고 있는 동안에도 찾을 수 없다. 오직 내 것이란 것을 손에서 내려놓고 비웠을 때, 그때에 쥐고 있던 그것이 내 것이 아니었음을 깨닫게 되고 지혜를 찾을 수 있다. 내가 내 것이 아님의 깨달음, 그것이 지혜의 삶이 아닌가 생각된다.

35.

버려진
태극기

《환경저널》칼럼 2022.9.5.

오늘은 좀 다른 얘기를 하고자 한다. 태극기(太極旗)에 관한 얘기다.

얼마 전 급히 병원을 가다가 우연히 쓰레기 더미에 버려진 태극기를 발견하게 됐다. 태극기함 속에 그대로 담겨 버려져 있었다. 그 순간 '이거는 아니다.' 하는 생각이 들었고 그래서 그와 관련해 얘기하고자 한다.

국기(國旗)는 한 나라의 권위를 나타내는 상징물이다. 일정한 형식을 통해 나라의 역사와 국민성, 이상 따위를 상징하도록 정한 것이 국기다. 우리나라는 태극기이고 미국에는 성조기, 일본의 일장기가 있다. 한 나라의 얼굴이라 할 수 있는 국기를 소중히 관리해야 함은 마땅한 일이다. 그런데 그러한 국기를 아무데나 버리는 행위는 나라를 버리는 행위와도 같고, 국기를 훼손하는 일은 나라를 훼손하는 행위와도 같으며, 국기를 더럽히는 행위는 나라를 더럽히는 행위와도 같다고 할 수 있다.

어떻게 태극기를 버릴 수 있는가. 그것은 무지의 소치일 뿐이다. 의식 없이 무심히 버렸다 하더라도 그것은 나라에 대한 무관심이고, 태극기를 사랑하지 않는다면 나라를 사랑하지 않는 것이며 국민으로서의 자격이 없는 사람이기도 하다.

이 외에도 태극기 관리에 문제점들이 있다.

법률에 의해 태극기를 국경일이나 기념일에 게양하도록 되어 있으나 게양하는 국민이 극히 소수이고, 바람에 찢겨 훼손된 태극기를 그대로 게양하는가 하면, 때가 묻고 탈색된 태극기를 방치하기도 한다. 국기가 있다는 것, 국가가 존재해 있다는 것은 축복이고 행복이다.

내가 살아갈 수 있는 국가가 있고, 그 나라를 상징하는 국기가 있는 것은 나라가 없는 아픔 없이는 알 수 없는 행복이다. 그런데 그 고마움을 깨닫지 못하고 살아간다.

나라를 위해 순국한 선열들의 희생을 조금이라도 생각할 수 있다면 나라와 국기를 사랑하지 않을 수 없다. 나라를 사랑하는 것만큼 태극기를 사랑할 수 있고, 태극기를 사랑하는 것만큼 나라도 사랑할 수 있다.

태극기에 관련해서는 법률로 규정하고 있다. 먼저 관리에 대한 벌칙을 알아본다.

국기, 국장의 모독

대한민국을 모욕할 목적으로 국기 또는 국장을 손상, 제거 또는 오욕한 자는 5년 이하의 징역이나 금고, 10년 이하의 자격정지 또는 700만

원 이하의 벌금에 처하도록 되어 있고, 전조의 목적으로 국기 또는 국장을 비방한 자는 1년 이하의 징역이나 금고, 5년 이하의 자격 정지 또는 200만 원 이하의 벌금에 처하도록 되어 있다. 관리 방법에 있어서는 다음과 같다.

올바른 태극기 게양법

국기 게양은 국경일 및 기념일과, 조의를 표하는 날로 나누어져 있다. 광복절을 비롯해 제헌절, 3·1절, 개천절, 한글날, 국군의 날 및 정부 지정일에는 깃봉과 깃 면의 사이를 떼지 않으며, 조의를 표하는 현충일, 국장, 국민장 등의 날에는 깃봉과 깃 면 사이를 깃 면의 너비만큼 내려 국기를 게양해야 한다.

국기 게양 및 강하하는 시간

- 게양 시각: 오전 7시
- 강하 시각: 3월~10월까지는 오후 6시, 11월~2월까지는 오후 5시로 돼 있다. 법에 따라 24시간 게양도 가능하나, 심한 눈·비와 바람 등으로 훼손이 우려되는 경우에는 달지 않는다.

태극기의 위치

단독 주택의 경우에는 중앙이나 왼쪽, 아파트는 앞 베란다의 중앙 또는 왼쪽에 게양해야 하며 자동차의 경우에도 왼쪽에 게양해야 한다. 국기에 때가 묻었거나 구겨진 경우 훼손되지 않은 범위 내에서 세탁을 하거나 다림질하여 재사용할 수 있고, 오염, 훼손되었다면 함부로 폐기하지 않고 각급 지자체 민원실, 주민센터에 있는 국기수거함에 넣어야 한다.

얘기한 위의 경우도 쓰레기에 투기할 것이 아니라 지자체 민원실이나 주민센터 수거함에 넣었어야 하는 것이다.

이상이 올바른 국기에 대한 관리법이다.

다시 한번 내가 살아갈 수 있는 대한민국이 있다는 것과 그리고 대한민국을 대표하는 태극기가 있다는 것에 감사하고, 좀 더 나라를 사랑하는 마음과 태극기를 소중히 관리하는 마음을 가져야 할 것이다.

36.

용서

《환경저널》칼럼 2022.8.29.

우리는 세상을 살아가면서 잘못을 하게 되고 그 잘못에 대해 용서를 구하며 그리고 서로 용서한다. 누구도 잘못이 없는 사람은 없다. 완벽한 사람은 없다. 그래서 용서해야 하는 것이다.

용서는 의무이고 책임이다. 용서란 흠결이 있고 잘못이 있기에 존재하지, 잘못이 없고 완벽한 것만 존재한다면 용서가 존재할 이유가 없고 용서할 일이 없다. 흠결이 있기에 용서할 수 있다.

그러면 왜 용서가 의무이고 책임이 되는가?

첫째, 용서는 인간만이 가지는 가치다. 인간은 완벽하게 만들어지지 않았다. 흠결이 있게 만들어졌다. 그 이유는 서로 보완하고 이해하고 용서하고 사랑하기 위해서다.

완벽한 것만 존재한다면 이해하고 용서할 일이 없다. 인간의 존재 이유는 사랑하기 위해서다. 완벽한 인간은 없다. 완벽하다면 존재의 의미가 없다. 흠결이 있기에 서로 이해하고 용서하고 용서받도록 **되어 있는** 것이다. 그것이 인간의 가치다.

두 번째로, 우리는 더 큰 잘못을 했고 그 큰 잘못에 대해 용서를 받았다. 용서는 자비를 베푸는 것이 아니고 사랑을 베푸는 것이 아니다. 의무이고 책임이다. 우리에게 잘못이 없다면 그리고 용서받은 일이 없다면 용서는 자비를 베푸는 것이고 사랑을 베푸는 것이 될 수 있다. 그러나 우리는 살아오면서 더 큰 잘못을 했고 더 큰 죄를 지었으며 그리고 주변으로부터 그 큰 잘못과 죄에 대해 용서를 받았다. 그러므로 용서해 줄 의무와 책임이지 결코 자비를 베푸는 것도 사랑을 베푸는 것도 아니다. 용서할 수도 있고 안 할 수도 있는 것이 아니라, 용서해야만 할 의무와 책임이다.

잘못함이 없다면 그리고 용서받은 일이 없다면 그렇다면 용서하지 않을 수도 있다. 그런데 우리는 우리의 더 큰 실수와 잘못에 대해 망각하며 살아간다.

자신의 흠결과 잘못을 깨달을 수 있는 사람은 용서할 수 있고, 용서받았음을 깨달을 수 있는 사람은 용서할 수 있다. 용서는 자신의 잘못을 깨닫는 데서 시작된다. 아직도 용서하지 못한다면 내가 얼마나 잘못했고 큰 죄를 지었는지, 그리고 용서받았고 용서받아야 할 사람인 것을 깨닫지 못하고 있는 것이다.

세 번째로, 용서는 나를 위한 것이다.

잘못한 사람에 대한 미움과 원망으로 가득 차 있다면, 나의 마음 또한 아픔과 고통 속에 갇혀 있을 수밖에 없고 행복할 수 없다. 그래서 사랑의 삶을 살 수 없다. 마음이 평화로워야 즐거운 삶을 살 수 있고 행복한 삶을 살 수 있다.

상대방을 향한 미움에서 자신을 놓아주어야 마음의 고통에서 벗어날 수 있다. 용서는 남을 위한 사랑인 동시에 나를 위한 사랑이다. 과거에 갇힌 나를 자유롭게 해 주는 것이다. 용서할 수 없다면 피해를 입는 것은 결국 내 자신이기 때문이다.

그렇다면 어떻게 용서해야 하나?

용서에는 이유와 조건이 있을 수 없다. 무조건 용서해야 한다. 용서는 사랑이다. 사랑에 이유와 조건이 있다면 그것은 사랑이 아니다. 용서는 잘못을 덮는 것이다. 그런데 덮는다는 것은 마음속의 분노와 미움을 묻어 두는 것이다. 그렇다면 묻어둔 감정은 언젠가는 되살아날 수도 있다.

그러므로 용서는 단순한 덮음이 아니라 사랑하는 마음으로 변화돼야 한다. 미움이 사랑으로 바뀌어야 한다. 그런데 그것이 가능한가. 가능하다. 내 입장 내 기준에서 생각하기에 용서할 수 없다. 그러나 상대의 입장과 기준에서 생각한다면 가능하다. 이해할 수 있고 사랑할 수 있다. 내 기준, 내 입장은 어디까지나 이기적인 것이기 때문이다.

사랑해야 한다. 덮음이 아닌 사랑해야 한다. 그것이 진정한 용서가 된다. 용서해야 한다.

37.

아픔의
가치

《환경저널》칼럼 2022.8.22.

　우리의 삶 속에는 많은 시련과 고통들이 있다. 그래서 좌절하고 절망하고 따라서는 삶을 포기하기까지도 한다. 그러나 아픔을 아픔으로만 느껴서는 안 된다. 아픔만 있는 것이 아니라 아픔의 가치가 있다.

　우리는 사랑해야 한다. 사랑하기 위해 태어난 존재들이다. 그런데 아픔을 모르고는 사랑할 수 없다.

　사랑하기 위해서는, 사랑하는 대상과 하나 되고 일치될 수 있어야 한다. 아픈 사람을 사랑하기 위해서는 아픈 사람과 일치돼야 하고, 고통받는 사람을 사랑하기 위해서는 고통받는 사람과 일치될 수 있어야 한다. 대상과 일치될 수 없다면 대상이 바라고 원하는 사랑을 할 수 없다.

　그러면 일치되기 위해서는 어떻게 해야 하나?

　일치되기 위해서는 이해할 수 있어야 한다. 아픈 사람의 아픔을 이해할 수 있고, 고통받는 사람의 고통을 이해할 수 있어야 한다. 다시 말하면 사랑하기 위해서는 내 자신도 아파 봐야 하고 고통도 받아 봐야 하며, 그래서 그 고통과 아픔을 알 수 있어야 한다. 그러지 않고는 완전한 사랑을 할 수 없다.

알지 못하고 이해하지 못하는 나만의 사랑은 자칫 교만이 될 수 있고, 상대에게는 다른 아픔이 될 수 있다.

아파 본 것만큼, 고통받아 본 것만큼 하나 되고 일치될 수 있으며 그때에 진정한 사랑을 할 수 있고, 또 실패해 본 것만큼 좌절해 본 것만큼 하나 되고 일치될 수 있으며 그때에 바라고 원하는 사랑을 할 수 있다.

체험하지 않은 것만큼, 아픔을 모르는 것만큼 그 이상은 사랑할 수 없다. 아픔의 가치가 거기에 있고 고통과 실패와 좌절의 가치가 거기에 있다.

그렇다고 해서 반드시 아파야 하고 실패해야 하며 잃어버려야 한다는 얘기는 아니다. 또한 체험이 없는 사랑, 아픔을 모르는 사랑, 그래서 완전하지 못한 사랑은 아무것도 아니라는 얘기는 아니다. 다만, 그러지 않고는 상대와 일치될 수 없고 그래서 완전한 사랑을, 상대가 바라고 원하는 사랑을 할 수 없다는 얘기다.

배가 고파 본 사람만이 배고픔의 아픔을 알 수 있고 배고픈 사람을 이해할 수 있으며 배고픈 사람을 사랑할 수 있고, 실패해 본 사람만이 실패의 아픔을 알고 실패한 사람을 이해할 수 있으며 실패한 사람을 진정으로 사랑할 수 있다.

아파 보지 않은 사람이 아픈 사람을 이해할 수 있고, 배가 고파 보지 않은 사람이 배고픈 사람을 이해할 수 있어서 바라고 원하는 사랑을 할 수 있다고 한다면 잘못된 판단일지 모른다.

아픔을 모르고 고통을 모르는 것은 아직 사랑을 모르는 것이다. 아픔과 고통의 가치다. 그러므로 모든 시련과, 고통과, 실패와, 좌절의 아픔을 아픔으로만 생각해서는 안 되고, 그것들이 주는 의미와 가치를 깨달아야 한다. 아픔은 삶을 성숙시키는 발판이 된다.

우리에게 닥쳐오는 어떠한 시련과 고통도 다 참고 받아들일 수 있고 체험할 수 있어야 하며, 그리고 진정한 사랑을, 완전한 사랑을 할 수 있어야 한다.

38.

안타까운
선택

《환경저널》칼럼 2022.8.8.

얼마 전 보도된 사건이다.

제주도에서 한 달 살기 체험을 하겠다며 집을 나선 뒤 실종된 광주광역시 초등학교 5학년생 조유나(10) 양과 그의 가족들이 전남 완도군 신지도 송곡선착장 인근 바닷속 차량 안에서 숨진 채 발견됐다.

조유나(10) 양 아버지 조모(36) 씨는 1억 3000만 원을 비트코인 등 10여 종의 가상 화폐에 투자해 2000만 원 가량의 손실을 입었다고 한다. 조씨 부부의 부채 규모는 카드빚과 대출 4000만 원 등 1억 5000만 원 가량이라고 한다.

유나 양 가족 장례에는 빈소를 차리지 않았고 시신을 화장했다. 발인과 운구, 화장 등 모든 장례 절차에 유가족은 없었다. 영정 사진도 없었다고 한다.

먼저 유나 양과 그 가족들에 대해 진심으로 명복을 빈다.

기사를 접하고 정말 안타까운 마음이 들지 않을 수 없었다. 그것은 젊은 분들의 죽음이기 때문에, 또는 장례식에 유가족들이 없어서가 아니라 그것보다는 '그것은 아닌데.' 하는 잘못된 선택에 대한 안타까움인 것이다.

우리가 세상을 살아가는 데에는 많은 시련과 역경이 있을 수 있다.

필자는 살아오면서 4번의 경제적 파산을 겪었다. 집은 경매처분될 수밖에 없었고 가족은 흩어지고 노숙의 길로 갈 수밖에 없었다.

그런데 이분들의 빚은 1억 4천만 원 정도라고 한다. 물론 금액 비교나 적다는 얘기는 결코 아니다. 그런데 그것 때문에, 물질적인 것 때문에 생명을 포기한다는 것은 또는 가정을 포기한다는 것은 너무나도 선택이 잘못됐다는 얘기다.

그것이 안타깝다는 얘기다.

물론 필자도 당시에는 잘못된 선택을 할 수도 있었다. 그러나 지금에 와서 생각해 보면 그것이 얼마나 어리석고 위험한 생각이었는지 깨닫고 있다.

이런 것과도 같다. 어린 시절 나의 생각과 아버지의 생각은 달랐다. 아버지의 가치는 틀렸고 나의 가치는 항상 옳았다. 그러나 나중에 생각해 보면 나의 가치가 틀렸고 아버지의 가치가 옳았다. 그것이 성숙이다.

우리의 삶은 성숙의 과정이다. 삶의 가치는 성숙되고 완성되는데 있다. 뜨거운 여름의 태양과 비바람의 과정을 거쳐 과일이 익어 가듯, 우리의 삶도 성숙되어 간다. 그런데 성숙은 그냥 저절로 이루어지는 것이 아니다. 시련과 역경 속에서 성숙되고 완성된다. 쇠가 불 속에서 연단되듯이 시련과 고통의 과정을 거치지 않고서는 성숙될 수 없다. 온실 속에서 곱게 자란 나무는 쓸모없는 나무가 되지만, 모진 비바람을 견뎌 낸 나무는 값진 나무가 된다. 삶의 성숙도 마찬가지다. 삶을 포기한다는 것은 결코 문제 해결을 위한 방법이 아니고 힘들고 어려워 포기한 그 삶은 바로 성숙의 과정일 뿐이며 그 과정 속에 시련과 역경이 있어야만 하는 것이다

시간이 조금만 지나도 분명 잘못된 선택이었음을 깨닫게 되는데, 그러지 못한 것이 안타깝다.

삶은 되돌릴 수 없다. 우리에게 닥쳐오는 어떠한 시련과 고통도 성숙의 과정임을 깨닫고 즐거운 마음으로 참고 견뎌 낼 수 있어야 한다.

그것이 가치 있는 삶이다.

39.

건강한
여름 나기

《환경저널》칼럼 2022.7.25.

본격적인 무더위가 시작됐다. 16일이 초복이고 26일이 중복이다. 거기다 코로나 신규 확진자는 이달 내로 10만 명 재 돌파 전망까지 나오고 있다. 지혜로운 삶으로 건강한 여름이 되도록 해야겠다. 여름철 건강 관리에 대해 알아본다.[1]

여름철에 주의해야 할 대표적인 건강 문제들은 과다한 땀 손실로 인한 탈수, 햇볕 자외선에 의한 피부 화상, 음식에 의한 식중독, 냉방 시설에 의한 냉방병 등이 있다. 특징은 모두 예방 가능하나, 한 번 걸리면 고생을 한다. 예방은 의외로 쉬우나, 치료는 생각보다 어렵다는 얘기다.

규칙적인 생활: 여름철 건강 관리를 위해서는 무엇보다도 규칙적인 생활이 중요하다. 낮이 길어지고, 짧은 밤에도 더위로 인해 잠을 설치

---

1) 서울의대 국민건강지식센터 자료 참고.

게 되어 하루의 리듬이 깨지기 쉬운데, 이렇게 되면 몸의 기능이 급속도로 떨어져 질병에 대한 면역력도 떨어지고 여러 문제들이 발생한다. 그래서 무더위가 시작되면 무엇보다도 규칙적인 생활이 필요하다.

소화 기능 강화: 여름이 되면 탈수와 더위로 인해 소화 기능이 떨어지게 된다. 그러므로 소화기에 무리가 되는 과식을 삼가고 가능한 규칙적인 식사 시간을 지키도록 해야 한다. 특히, 열대야 때문에 늦잠을 자게 되면 흔히들 야식을 하는데, 소화가 잘되는 것으로 소량만 섭취하는 것이 좋다. 과식을 하게 되면, 수면의 질이 떨어지게 되고, 다음 날 아침 식사를 거르게 된다. 규칙적인 수면 시간과 식사 시간이 중요하다.

더위에 대한 방어: 낮 기온이 32도를 넘고 야간 기온이 25도 이상이 되면 더위에 대한 방어가 필요하다. 자외선이 강한 낮 12시에서 4시 사이에는 외출을 삼가고, 외부에서의 활동은 다음으로 미루는 것이 좋다. 옷은 헐렁하게 입고, 물을 많이 마시도록 하는데, 실내 온도는 26도 전후로 맞추어 주는 것이 좋다.

냉방병 관리: 에어컨의 내부 세척과 관리는 게을리하지 않아야 한다. 가능하면 외부와의 온도 차이를 5도 이상 벌어지지 않도록 하고, 가끔씩 환기를 시켜 줘야 한다. 갑자기 밖에서 외출하고 들어오면 더위를 심하게 느끼게 되는데, 이때에만 잠깐 선풍기 바람을 추가로 쐬거나, 에어컨 강도를 올렸다가 곧 내리도록 한다.

자외선 차단제: 자외선 차단제는 피부와 반응을 해야 하므로 노출되기 약 30분 전에 발라야 하고, 땀이 나거나 물에 노출될 경우는 약 2시간 간격으로 다시 발라 주어야 한다. 자외선 차단제는 눈에는 해롭기 때문에 특히 자외선 차단제를 포함한 땀이 눈 안으로 들어가지 않도록 해야 한다.

식중독 예방: 여름이 되면 세균이 빨리 번식하여 식중독이 증가하므로 냉장 보관해야 하는 음식은 가능한 빨리 냉장고에 보관해야 한다. 여름에는 우유 같은 종류는 냉장고 밖에서는 짧게는 한 시간 만에도 부패할 수 있기 때문이다. 세균을 죽이기 위해서 가능하면 익히거나 끓여서 먹도록 하는데, 이미 세균이 증식하여 독소를 생성한 경우는 아무리 익혀도 그 독소에 의한 식중독을 막을 수 없다.

스트레스: 적극적 사고와 긍정적 사고가 필요하다. 생각이 건강하면 몸도 건강하다. 그러나 정신이 나약하면 몸도 나약해진다. 정신 건강에 중요한 것은 적극적 신념이다. 신념이란 의지와 의욕이다. 적극적 의지와 의욕의 정신은 몸도 건강하게 할 수 있다. 무술인들이 기합(氣合)을 하는 것과도 같다.

다음으로 긍정적 사고가 필요하다. 스트레스를 받지 않아야 한다. 그런데 생활 속에서 대부분의 스트레스는 부정적 생각에서 온다. 상대방은 그렇지 않은데 부정적 생각을 하기에 스트레스가 온다. 상대방 입장에서 생각할 수 있다면 부정적 생각이 올 수 없고 또한 스트레스 올 수 없다. 스트레스를 받지 않아야 한다. 적극적 사고와 긍정적 생활로 올 여름도 건강하게 보낼 수 있어야 할 것이다.

40.

고독사

《환경저널》칼럼 2022.7.18.

한 일간지에 일본 사회의 고독사(孤獨死) 문제가 게재됐다.

혼자 사는 65세 이상 고령자가 630만 명이 넘는 일본에는 고독사를 주제로 한 책들이 쏟아지고 있다고 한다.

사회에서 단절된 노인이 자택에서 나 홀로 임종을 맞이하는 고독사는 노인대국 일본에선 큰 사회 문제가 되고 있다. 일본에서 사망 이후 이틀이 지나도 발견되지 않은 사망자는 연간 3만 명. 후생 노동성에 따르면, 고독사 원인의 65%는 질병 때문이라고 한다.

혼자 살면서 가사에 익숙하지 않은 60대 남성은 전체 고독사 사건의 70%를 차지해 '고독사 고위험군'으로 통한다. 고독사하는 여성 비중은 낮은데, 남성보다 친분 관계가 활발하기 때문이라고 한다.

고독사를 두려워하기보다 살아 있을 때 고립되지 않는 것이 중요하다.

그런데 비단 일본 사회뿐만 아니라 우리나라도 마찬가지로 고독사가 사회 문제로 대두되고 있다. 통계에 의하면 급속 고령화와 가족 구조 붕괴로 최근 5년간 9,734명의 고독사가 발생 했고, 그중 노인의 고독사는 4,170명으로 전체의 42.8%를 차지한다고 한다. 생각지 못했던 청년 고독사도 상상외로 많다. 고독사를 고립사(孤立死)라고도 한다. 주변의 가족이나 또는 사회가 무관심으로 고립시켰기 때문이라는 것이다.

필자는 기사를 접하면서 생각나는 또 하나의 고독사가 있어 잠시 얘기하고자 한다.

얼마 전 필자의 절친 한 분이 고독사했다. 명문대를 나왔고 사회적 지위도 있던 사람이다. 사후 1주 정도 지나서야 주민센터로부터 연락을 받고 알았다고 한다. 불가항력적일 수도 있지만, 선택적일 수도 있다. 그래서 마음이 더 아팠다. 가족들과 떨어져 혼자 생활해 왔다.

나는 얘기를 듣고 많은 생각을 했다. 물론 놀랐고 허탈감을 느끼지 않을 수 없었다. 그리고 생각에 잠겼다. 얼마나 외로웠을까. 얼마나 힘들었을까. 얼마나 무섭고 두려웠을까. 죽음이 무엇인지도 모르는데 가본 적도 없는 그 길을 혼자서 얼마나 두려웠을까. 얼마나 힘들었기에 두려운 그 길을 선택할 수밖에 없었을까 하고 생각을 했다. 지금도 생각하면 마음이 아프다.

고독사에 대한 사회적 대책은 차치하고라도 죽음에 대한 생각을 스스로 해 봐야 한다고 생각한다. 우리는 보통은 죽음으로 모든 것이 끝나는 것이라고 생각 한다. 한 줌의 흙으로 사라져 가는 것이라고 생각도 한다. 그런데 과연 그럴 것인가? 죽은 다음에는 아무것도 없는 것일까. 죽음에 대해 아는 사람은 아무도 없다. 천국이 있는지, 지옥이 있는지도 모른다. 아는 것이 없다.

그러나 분명한 것은, 우리가 생각하고 있는 것처럼 흙에 묻혀 사라져 버리고 마는 그런 삶이 아닐 것 이라는 얘기다. 우리는 우리의 삶을 우리가 선택하지 않았다. 선택을 받았다. 그래서 지금 존재하고 있는 것이다. 그런데 그 삶을 우리 마음대로 흙에 묻혀 끝낼 수 있는가. 그럴 수가 없다.

죽음을 단순히 생각해서는 안 된다. 쉽게 포기해선 안 된다. 우리는 답을 모른다. 모르기에 두려운 것이고 그래서 쉽게 선택할 수 없는 것이다. 당연한 죽음이 아니라 준비하는 죽음이 돼야 한다. 종교를 얘기하자는 것이 아니라 현실을 얘기하자는 것이다. 먹고살기도 바쁜데 뭘 죽음까지 생각할 수 있느냐하고 얘기할 수 있다. 그렇다고 죽음을 남의 일로만 생각할 수만은 없지 않은가. 준비를 한다는 것은 선택이 아닌 죽음이 찾아 왔을 때 두려움 없이 편안하게 맞을 수 있느냐는 것이다. 우리의 삶은 분명 죽음으로 끝나고 마는 삶이 아니다.

바쁜 일상이지만 한 번쯤 잠시 죽음에 대해 생각해 보는 것도 지혜의 삶이 아닌가 생각한다.

41.
아들의
신고

《환경저널》칼럼 2022.7.11.

한 일간지 보도에 의하면 부모가 문을 안 열어 준다고 아들이 경찰에 신고한 일이 발생했다.

지난 6월 23일 0시쯤 인천시 한 아파트에서 중학생 A군은 '집에 못 들어가고 있다.'며 부모를 경찰에 신고한 것이다. 부모가 집 문을 열어 주지 않았다는 건데, A군의 아버지는 인천시의 한 구청장으로 밝혀졌다.

구청장 부부는 오히려 A군이 '귀가를 거부했다.'는 입장이다. 경찰은 두 부부에게 아동복지법 위반(방임) 혐의를 적용할지 검토 중이라는 것이다.

아동복지법에서 '아동학대'란 보호자를 포함한 성인이 아동의 건강 또는 복지를 해치거나 정상적 발달을 저해할 수 있는 신체적·정신적·성적 폭력이나 가혹 행위를 하는 것과 아동의 보호자가 아동을 유기하거나 방임하는 것을 말한다.

여기서 방임은 자신의 보호·감독을 받는 아동을 유기하거나 의식주를 포함한 기본적 보호·양육·치료 및 교육을 소홀히 하는 행위가 된다. 구청장 부부의 행위가 방임에 해당되느냐 하는 문제다.

부모에게는 자녀를 가르칠 의무와 책임이 있다. 때로는 자녀에게 엄한 훈육도 해야 한다. 그런데 훈육과 방임과 학대의 범위를 어떻게 구분할 수 있을지.

훈육이 학대가 될 수 있고, 안 하면 방임이 될 수 있다.

민법 제915조 '징계권' 조문이 62년 만에 삭제됐다고 한다. 이제 '학대와 방임은 했어도 아이의 잘못을 고쳐 주려고 한 것이다.'라는 부모의 주장은 할 수 없게 됐다.

사건의 결론은 '안 열어 준 것'인지, '귀가를 거부한 것'인지의 승자는 누가 됐는지는 모른다. 알고 싶지도 않다. 그러나 부모 자식 간의 일을 법으로 처리해야 한다는 현실이 안타까울 뿐이다. 이 일이 법으로 처리해야 할 문제인지.

언제부터인가 우리 사회는 이기적 사회로 변해 가고 있다. 순명을 모르고, 참고 인내할 줄을 모르며, 이해하고 사랑할 줄을 모른다. 나 하나 좋으면 된다. 그리고 모든 것을 법으로 처리하려고 한다. 법이 최선이고 최상의 방법이라고 생각한다. 그것이 인권이고 공정이라고 생각한다.

법의 목적은 현실을 드러내고 유지하며 변화시키는 데 있다. 그러나 법의 다툼은 이기적이다. 다툼에는 이해와 협조와 사랑이 없다. 손해 보지 않으려는 것이 법이고, 양보하지 않는 것이 법이며, 용서하지 않는 것이 법이다. 그것을 계산하고 확인하는 것이 법이다.

　진정한 인권은, 진정한 공정은, 용서하고 이해하고 협조하는 것이다. 계산이 필요 없고 옳고 그름의 법의 판단이 필요 없다. 그것이 가치다.

　체벌에 대한 다툼은 있지만 영국이나 미국의 대부분의 주에서도 체벌을 인정하고 있고, 우리나라에서도 자녀들의 과잉보호에 대한 사랑의 매를 강조한다.

　생각해 보자. 어느 부모가 문을 안 열어 주겠는가. 어느 부모가 미워 체벌을 하겠는가. 어느 부모가 이유 없는 야단을 치겠는가. (물론 예외적일 수는 있다)

　그것을 법으로 판단할 수 있는가.

　다툼은 사랑이 없는 데서 나온다. 그러나 사랑은 참고 이해하는 데서 나온다.

　법의 판단도 중요하지만 법에 앞서 순명하고 참고 그리고 서로 이해하고 사랑하는 사회를 만들어 감이 더욱 중요한 것이 아닌가 생각한다.

42.

살신성인
(殺身成仁)

《환경저널》칼럼 2022.7.4.

지난 18일 서울 종로에서는 민간인을 보호하려고 비상 탈출을 할 수 있었음에도 끝까지 조종간을 놓지 않고 순직한 고(故) 심정민 소령(29·공사 64기)을 추모하기 위한 음악회가 열렸다.

공군 제10전투비행단 소속이었던 심 소령은 지난 1월 11일 F-5E 전투기로 임무를 수행하던 중 기체 결함으로 추락해 순직했다. 그는 사고 당시 비상 탈출을 할 수 있었으나 인근의 아파트, 대학 캠퍼스 등에 전투기가 추락할까 봐 절체절명의 순간에도 야산 쪽으로 전투기를 돌려 충돌해 숨졌다.

스스로 순직을 선택한 살신성인(殺身成仁) 심정민의 의연한 죽음의 가치를 기리기 위한 음악회였다.

살신성인(殺身成仁)의 삶들은 많이 있다.

한강대교를 지나다 보면 중간쯤에 파라슈트를 메고 있는 동상이 하나 서 있다.

바로 이원등 상사다. 육군 공수단 소속으로 1966년 2월 고공 침투 훈련 중 부하의 낙하산이 펴지지 않자 낙하산을 펴 주고 자신은 떨어져 순직했다.

또한 1965년 월남전에 참전하기 위해 강원도 홍천 부근 부대훈련장에서 훈련을 받던 중 부하가 잘못 던진 수류탄이 중대 한가운데로 떨어지게 되자 이를 자신의 몸으로 막아 많은 부하들을 구하고 산화한 강재구 소령.

2010년 3월 27일 천안함 피격사건 하루 뒤 한주호 준위는 출동 명령이 없었지만, 구조작전에 참여했고, 30일 함수 부분에서 탐색구조작업을 펼치다가 잠수병으로 실신해 미 해군 구난함에서 치료를 받던 중 오후 5시쯤 순직했다.

숭고한 이분들의 죽음은 절체절명의 순간에도 오로지 선택할 수밖에 없는 고귀한 인간성의 본질만이 작동했을 것이다.

이러한 살신성인의 삶들을 보면서 생각하지 않을 수 없는 일들이 있다.
요즘 정치판에서 일어나고 있는 일들이다. 투견 장 같다는 생각이 든다. 어느 한 쪽을 편들자는 얘기가 아니다. 상대는 죽어도 좋다. 무조건 이기면 된다.

법도 상식도 없다. 진영 논리, 이념 논리에 빠져 무엇이 옳고 그름인지, 무엇이 가치인지 기준이 없다. 주장하는 것이 진리고 가치다. 나 하나 잘 먹고 내 주장만 관철되면 된다.

그들에게 묻고 싶다.

왜 사는 건지. 삶의 이유가 무엇인지. 무엇이 가치의 삶인지. 돈 많은 것이 가치의 삶인지. 권력을 잡는 것이 가치의 삶인지. 명예를 얻는 것이 가치의 삶인지 하고.

우리는 이유 없이 태어난 삶들이 아니다.

먹기 위해서 태어난 삶이 아니고, 권력을 잡기 위해 태어난 삶이 아니며, 명예를 얻기 위해 태어난 삶이 아니다.

금수(禽獸)들도 벌레들도 그렇게는 산다. 그것들은 자신만을 위해 잔뜩 먹다가 죽는다.

인간은 남을 위해 사는 존재다. 나를 위한 삶이 아닌, 남을 위해 살아가는 존재다. 그것이 삶의 이유고, 가치의 삶이다. 그것이 성공한 삶이고 후회 없는 삶이며 잘 산 삶이다. 깨달아야 한다.

삶의 이유를 모르는 사람들, 자신만을 위해 사는 사람들, 무조건 이기면 된다고 생각하는 사람들은 부끄러운 줄 알아야 한다.

우리는 살신성인의 고귀한 삶들을 결코 잊어서는 안 되고, 우리의 삶
또한 그러한 삶을 살아가야 한다. 그것이 바로 이유 있는 삶이 된다.

43.

장마

《환경저널》칼럼 2022.6.27.

예년보다 좀 빠른 장마가 시작 됐다.

우리나라의 평균 장마 시작은 제주도의 경우 6월 19일 경부터, 남부 지방이 6월 23일, 중부 지방이 6월 25일경으로 평균 한 달 간 지속된다.

올해도 평년과 비슷한 것으로 예측된다.

남부 지방의 경우는 6월 23일부터 시작해 7월 24일까지 31일 정도 지속되고, 중부 지방의 경우는 6월 25일경부터 7월 26일 전후까지로 31일 정도 예상된다.

그리고 대부분의 태풍은 7~9월에 발생하는데, 최근에는 증가하는 추세로, 기상청은 일찍부터 집중호우에 대비해야 한다고 예보하고 있다.

장마 초반인 6월과 7월 초에는 특히 강수량이 평년보다 많을 것으로 예상되어 각별한 주의가 필요하다고 한다.

장마 기간 중 비가 오는 날들이 이어지게 되면 조심해야 할 것들이 많이 있다.

그중에서도 습도 체크가 가장 신경 쓰이는 부분이다. 장마철에는 기온, 습도가 높아 불쾌지수가 상당히 높아지게 된다. 사무실이나 집 등 생활 공간에서도 불쾌한 습도 지수 때문에 스트레스가 가중될 수 있다.

습도 지수를 조절하기 위해서는 제습제를 준비하여 장롱이나 선반 안에 넣어 두는 것도 좋고, 필요시에는 에어컨 또는 보일러를 틀면 제습에 도움이 될 수 있다.

또 비가 오고 습하다고 해서 창문을 모두 닫고 있으면, 공기가 순환되지 않아 꿉꿉한 상태가 지속된다. 따라서 비가 그쳤을 때에는 틈틈이 환기해야 하고, 습기 제거를 할 때에는 욕실이나 장롱 문 등을 활짝 열어 주는 것이 좋다.

습도를 관리하지 않고 방치할 경우 곰팡이와 균, 집 먼지 진드기 활동이 활발해져 피부질환이 심해지고, 영유아의 경우 수족구병도 활발해질 수 있기 때문에 빨래나 침구의 습도 지수를 체크하는 것이 매우 중요하다.

특히 장마철에는 건강 관리에 유의할 점이 많다.

무엇보다도 습기로 인한 곰팡이 균으로 인해 알레르기성 질환에 유의해야 하고, 혈압장애가 있는 사람들은 심혈관계 질환에 유의해야 하며, 장마 기간 중 햇볕 부족에 따른 불면증과 우울증에도 유의해야 한다.

곰팡이 제거 및 예방을 위해서 실내 온도를 20~22도로 유지하는 것이 좋고, 습도는 40~60%로 유지하는 것이 좋다.

그러나 무엇보다도 중요한 것은 정신 건강이다.

정신 건강이 쾌청하지 못하면 일기가 아무리 좋아도 마음은 우기 중(雨期 中)일 수 있고, 정신이 쾌청하면 우기 중이라도 마음은 맑을 수 있다.

가능한 긍정적인 사고를 가지고 꿉꿉한 마음보다는 밝은 마음으로, 참고 이해하고 배려하는 사랑으로, 무엇보다도 스트레스를 받는 일이 없도록 유의하여 건강한 여름이 되도록 해야 할 것이다.

44.
고생은
영혼의 명약이다

《환경저널》칼럼 2022.8.16.

　우리의 삶에는 많은 시련과 고통이 있다. 그래서 힘들어하고 좌절하기도 한다.

　그러나 고생(苦生)이라는 것을 걱정하거나 두려워할 필요는 없다. 세상 어디를 봐도 어느 삶, 어느 인생이던 간에 고생이 없는 삶은 없다. 풍랑이 없다면 바다가 아니듯, 고통과 시련이 없다면 인생이라 말할 수 없다. 삶의 의미는 그 것 때문에 가치가 있다.

　입에 단 음식이 이롭지 못하고, 쓴 약이 유익하듯 안일하고 평안한 삶이란 나태하게 만들고 부패하게 하며 교만하게 만든다. 그러므로 고생이란 것을 기쁜 마음으로 받아들일 수 있어야 한다.

　고생을 모르면 삶의 아픔도 고통도 삶의 의미도 모르고, 삶의 아픔과 고통을 모르고는 삶은 성숙될 수 없다. 가진 모든 것을 잃어버리고 자는 곳 먹는 것을 걱정하는 아픔을 겪어 보지 못하고 어떻게 남의 아픔을 이해할 수 있으며, 눈물 나도록 고마움을 체험하지 못하고 어떻게 감사함을 알 수 있겠는가.

　아픔도 고통도 모르는 삶을 결코 훌륭한 삶이라 할 수 없다. 지식을 많이 가졌건, 재물을 많이 가졌건, 명예와 권력을 가졌건 마찬가지다. 그러한 삶은 아직 성숙되지 못한 삶이고, 성숙되지 못한 삶은 교만의 삶이 될 수 있다. 교만의 삶은 어리석고 바보스러운 삶이고, 영혼을 부패하게 하며 병들게 한다.
　어느 학문의 지식보다도 더 값진 것은 세상을 알고 삶을 알고 사람을 아는 것, 그리고 아픔을 알고 고통을 알고 사랑을 아는 지혜의 삶이다. 그런데 그 지혜의 삶이 바로 안일과 평안이 아닌 시련과 고통과 역경을 통해서 얻을 수 있다는 것이다.

　선천적으로 착하고 선한 사람들도 많이 있다. 그러나 체험을 통해 아픔과 고통을 알고 성숙된 삶의 가치가 중요하다. 물론 선천적으로 착하고 선한 것 자체는 좋다. 그렇지만 고통과 아픔을 모르는 착함은 다른 사람의 고통과 아픔을 이해할 수 없고 그 아픔에 일치할 수 없으며 그래서 진정한 사랑을 할 수 없지만, 체험과 깨달음 속에서 성숙된 지혜의 삶은 진정한 사랑을 할 수 있다. 세상을 알고, 삶을 알고, 아픔과 고통을 아는 그래서 그 아픔과 고통에 하나 되고 일치될 수 있는 삶이기 때문이다.
　고생이란 단순히 아픔과 고통만 있는 것이 아니라 삶을 성숙시키는 발판이 된다.

눈물의 빵을 먹어 본 사람과 먹어 보지 못한 사람은 다르다. 먹어 본 사람은 행복이 무엇인지를 알지만, 먹어 보지 못한 사람은 행복을 주어도 행복인지를 모른다. 즉, 불행한 사람은 행복이 무엇인지를 알지만, 행복한 사람은 불행이 무엇인지 모르고 그래서 행복이 행복인 것을 모른다. 그것이 교만이고 불행이다.

아픔은 약이 되고, 안일과 평안은 병이 된다. 고생이란 입에 쓴 약과 같이 영혼을 성숙시키고 풍요롭게 하는 명약이 되며, 삶과 세상을 볼 수 있는 안약이 되지만, 안일과 평안은 삶을 나태하게 하고 영혼을 병들게 하는 독이 된다.

우리는 살아가면서 어떠한 고생도 두려워하거나 겁내지 말고 적극적으로 받아들일 수 있어야 한다.

45.

욕심이
잉태한 즉……

《대한시니어신문》칼럼 2023.10.4.

어느 정치인이 24일 만에 단식을 중단했다. 초췌한 모습으로 지팡이를 짚고 쓰러질 듯 걷는 모습을 보면서 참 안됐다, 안쓰럽다하는 생각이 들어간다. 왜 저렇게 살까. 왜 저렇게 힘들게 살아갈까 하는 생각이 든다. 물론 그 사람이 이번 문제에 대해서 죄가 있다고 결론짓는 것은 아니다. 아직 잘잘못은 모른다. 그거야 사법적 판단으로 가려질 일이다. 그러나 서로 주장한다. "당신에게 잘못이 있다."고 하는 반면, "아니, 나는 잘못한 것이 없다."고 서로 주장한다. 물론 자신의 잘못을 인정하면서도 우길 수는 있지만, 그럼에도 불구하고 자신의 판단을 주장할 수는 있다. 자기의 생각에는 주장하는 그것이 맞기 때문이다. 그러나 그것은 오직 자기 기준이고 생각일 뿐이다. 자기 기준에서는 그것이 옳고 맞지만 그러나 인간은 혼자 사는 존재가 아닌 공동체를 이루고 산다. 공동체 기준에 맞아야 한다. 그것이 법이다. 자신에게는 자신의 판단이 맞을지는 모르지만 공동체 기준에서는 맞지 않을 수 있다. 자기 기준과 판단은 어디까지나 이기적 판단일 수밖에 없기 때문이다. 그래서 사법적 판단을 받을 수밖에 없다.

그런데 필자가 하고자 하는 얘기는 그러한 얘기가 아니다. 안쓰러워서 하는 얘기다. 저렇게 살 필요가 없는데, 감춘다고 해서 감춰질 일이 아닌데 말이다.

우리는 살아가면서 정치인이던 누구이던 간에 과욕을 부려서는 안 된다. 겸허해야 한다. 겸허는 자신을 낮추고 비우는 자세다. 겸허히 현실에 만족할 줄 알고 분수에 넘치는 욕심을 부려서는 안 된다. 욕심은 분수에 넘치도록 탐하는 것이다. 모든 시련과 고통은 욕심에서부터 시작된다. 욕심을 부리게 되면 생각과 판단이 흐려지게 되고, 생각과 판단이 흐려지면 오류와 죄를 범하게 된다. 그러면서도 욕심은 욕심인 것을 모르고 더 큰 욕심과 더 큰 죄를 낳게 된다. 성서에 나오는 얘기다. "욕심이 잉태한 즉 죄를 낳고, 죄가 잉태한 즉 사망을 낳는다." 고로 욕심은 바로 죽음일 수 있다는 얘기다. 세상의 모든 시련과 고통은 욕심에 의한 인간 의지 선택의 결과다.

욕심 없이 겸허할 수 있다면 유혹이 있을 수 없고, 유혹이 없으면 판단이 흐려질 수 없으며 그렇다면 오류와 잘못과 죄도 없을 것이다.

그렇다면 오늘과 같은 일도, 힘들어할 일도, 잘잘못을 가릴 일도 없다.

잘못이 있다면 인정해야 된다. 거짓과 숨김은 고통이다. 행복은 마음의 평안이고, 평안 없이 행복할 수 없다. 마음의 고통은 육체의 고통보다 더 힘들다.

모든 것이 욕심 때문에 죄를 낳게 되고 죄가 잉태한 즉 돌이킬 수 없는 후회의 길을 간다. 욕심을 부려서는 안 된다. 분수에 맞도록 겸허해야 한다.

46.

내 것은
없다

《대한시니어신문》 칼럼 2023.9.25.

　우리는 세상을 살아가면서 내 것 때문에 힘들어하고 아파하고 그리고 갈등한다.

　좀 더 많은 물질을, 좀 더 많은 권력을, 좀 더 높은 명예를 내 것으로 만들지 못해 힘들어하고 있다. 그리고 내 것 때문에 고민하고 좌절하고 슬퍼하고 마음의 평화를 얻지 못하고 번뇌한다. 내 것에 대한 욕심과 집착 때문에 말이다. 내 것에 대한 욕심이 없다면, 힘들어할 이유도 갈등할 이유도 없고, 마음의 안정과 평안을 얻지 못할 이유도 없을 것이다.

　그런데 과연 내 것이 어디 있는가. 내가 어디 있고 나의 소유라고 하는 내 것이 어디 있는가. 없다. 내 것이라고 하는 나도 없다.

　그렇다면, 내 자신이 내 것이 아닌데 어떻게 내 손에 쥐어진 내 것이 내 것이라 주장할 수 있으며, 내 것이 아닌 내 것에 집착할 수 있는가 하는 것이다.

우리는 우리 자신의 것이 아니다. 주어진 삶이고 주어진 삶을 사는 것뿐이다. 오직 주어진 삶에 충실하면 되고 필요 이상 내 것으로 만들기 위해 욕심내고 집착할 이유가 없다. 필요 이상의 것에 집착하고 욕심낸다면 어리석은 일이다. 그리고 우리는 원래대로 없어진다. 그러므로 우리는 없다. 그런데도, 아직도 내 것에 대해 욕심을 갖고 집착할 이유가 있는지, 아직도 갈등할 이유가 있는지.

필요 이상 물질과, 명예와, 권력에 집착할 이유가 없고, 슬픔과 기쁨과 아픔과 미련과 아쉬움과 그 모든 것들에 대해서도 집착할 이유가 없다. 모두 다 내 것들이 아니기 때문이다.

소유주는 내 것에 대해 집착할 이유가 있다. 당연하다. 그러나 소유주가 아닌 우리는 '내 것에 대한 집착'으로부터 자유스러울 수 있다. 그렇다고 내 것이 아니기에 소홀히 해도 된다는 얘기는 아니다. 오히려 주어지고 맡겨진 삶이기에 더욱 관리를 잘해야 할 의무와 책임이 있다. 내가 내 것이 아님을 깨달아야 하고 내가 없음을 알아야 한다. 그래야 내 것이 아닌 내 것으로부터의 집착에서 자유스러울 수 있고 평화로울 수 있다.

비우고 내어놓을 수 있어야 한다.
그것을 훈련하는 삶이 바로 우리의 삶이다. 쉽지는 않다. 그러기에 훈련하는 것이고, 그 과정 속에 시련과 역경과 고통과 아픔이 있으며, 그 속에서 삶의 의미와 가치를 깨달아 간다.
돌아봐야 한다. 아직도 내게 남아 있는 것이 무엇이 있는지, 아직도 붙잡고 매달려 있는 것이 무엇이 있는지, 아직도 미련을 갖고 아쉬워하고 있는 것이 무엇인지, 그래서 힘들어하고 아파하고 갈등하고 있는 것이 무엇 때문인지.

내 것은 없다. 아무것도 없다. 내 것을 손에서 내어놓을 수 있을 때 그때 비로소 내 것이 아니었음을 알게 되고, 삶의 의미를 깨달아 간다.

47.

후회 없는
삶

《대한시니어신문》칼럼 2023.9.18.

가끔은 삶의 마지막 순간을 생각해 본다. 분명 언젠가는 확실하게 또 틀림없이 닥쳐올 시간이기 때문이다. 그때에 어떠한 상황이든지간에 힘없이 누워 있을 것이고, 주변에는 가족들이 둘러앉아 있을 것이다. 그 상황에서 밥 한 숟갈도 입에 넘길 힘조차 없을 것이고, 돈 한 장 쥐어 준다 해도 잡을 힘조차 없을 것이다. 그러한 때에 우리가 무엇을 생각하고, 무엇을 느끼고 있을지를 생각해 본다. 돈을 생각하고 있을지, 명예와 권력을 생각하고 있을지를.

그러나 분명 그것은 아니다. 그리고 언뜻 이러한 생각이 떠오를 수도 있다. '무엇 때문에 정신없이 달려와 이렇게 지쳐 쓰러져 있는가.' 하고. 천천히 왔어도 올 수밖에 없는 이 길을 앞서거니 뒤서거니 갈등하며 달려온 것인가. 그러면서 또 이러한 생각이 떠오를 수도 있다. 지난날의 살아왔던 그 짧은 삶의 시간들은 바로 이유 없이 즐거워하고 이유 없이

기뻐하고 아쉬워했어야 할 행복의 시간들이었고, 그리고 그 속에서 마음껏 이웃들을 사랑하고 아끼며 살아왔어야 할 귀중한 시간들이었음을 깨닫게 될 것이다.

그리고는 곧 회한의 눈물을 흘리게 될지도 모른다. 좀 더 모든 이들을 아끼고 아쉬워하며 살아올 것을, 좀 더 즐겁게 사랑하고 나누고 베풀며 살아올 것을, 그리고 이해하고 용서하며 살아왔어야 할 그 아까운 시간들을 생각하면서 말이다.

생각해 봐야 한다.

마지막 삶의 시간을 그때서가 아닌, 지금 현실에서 생각해 봐야만 하는 이유는 그때에는 그러한 후회의 생각을 할 만한 힘조차도 없을 것이고 후회한들 의미 없는 지나간 일이기 때문이다. 그래서 현실에서 자신을 뒤돌아보고 남은 시간에 대해 새로운 가치를 깨닫는 것이 무엇보다도 중요하다.

지금 마지막 삶의 시간을 생각할 수 있다면, 그렇다면 이렇게 건강하게 생각할 수 있고 활동할 수 있는 시간들이 얼마나 소중하고 감동의 시간인지를 깨닫게 될 것이고, 그리고 그것을 깨닫게 될 때에 남은 시간들이 자체로서 축복된 시간이고 행복의 시간임도 알게 된다. 그리고 어떠한 고통과 아픔도 아무 것도 아닌 것이 되어지고, 오직 남은 삶에 대한 기쁨과 희열과 환희의 힘만이 솟아나게 될 것이다.

이제 남아 있는 시간 동안 할 수 있는 일은, 햇볕을 바라볼 수 있는 동안, 두 다리가 어디든 뛰어갈 수 있는 동안 열심히 달려가는 일이다. 희열이 있는 깨달음의 삶에는 하루 종일 뛰어다녀도 지치지 않을 것이고 힘들지 않을 것이며 즐거움과 기쁨만이 있을 것이다. 남아 있는 시간 동안 뛰어가야만 할 일은, 또한 해야만 할 일은, 돈을 위해서가 아닌, 명예와 권력을 위해서가 아닌, 나와 함께 지금 이 공간의 시간을 살아가고 있는 모든 사람들과 함께 열심히 사랑하고, 아끼고, 도와주고, 용서하고, 포용하며 즐겁게 살아가는 일들이다. 바로 그것을 하기 위해, 그렇게 살기 위해 선택되어 세상에 온 것이다. 마지막 때에 후회할 것이 아니라, 지금 열심히 아주 열심히 이웃과 함께 삶을 사랑하고 아끼며 살아가야 한다. 그래서 마지막 순간에 미소 지을 수 있고, '열심히 할 것을 하며 살아왔다.'고 편안한 마음으로 떠날 수 있어야 한다. 그것이 잘 산 삶이다.

48.

깨닫지 못함이
죄다

《대한시니어신문》 칼럼 2023.8.28.

병상에 누워 5년, 10년, 15년 긴 시간을 고통받는 사람들이 있다. 그리고 그들은 간절히 원한다. 기적적으로 일어설 수만 있다면 얼마나 좋을까. 예전처럼 먹고 싶은 거 마음대로 먹을 수만 있다면 얼마나 좋을까. 남들처럼 자유롭게 가고 싶은 곳 가 보고 사람들을 만나고 그리고 마음대로 활동할 수만 있다면 얼마나 좋을까를 생각한다.

그리고 그들은 또 생각한다. 만약에 다시 일어설 수만 있다면, 걸어갈 수만 있다면 그렇다면 거기에는 미움도 아픔도 있을 수 없고 그냥 즐겁고 행복하며 마음껏 사람들을 사랑하고 아끼고 그리고 있는 힘을 다해 열심히 살아갈 수 있을 텐데라고.

그런데 우리는 지금 건강하다. 어디든지 걸어갈 수 있고, 가고 싶은 곳 마음대로 갈 수 있으며, 맛있는 음식도 마음껏 먹을 수 있다. 그러니 이 얼마나 행복한 일인가. 얼마나 축복받은 일인가. 과분할 정도로 감사한 일이다.

그런데도 불평불만 하고 있다. 미워하고 갈등하고 있다. 그리고 아파하고 힘들어하고 있다.

또 이런 사람들도 있다. 자식이 휠체어에서 생활한다. 휠체어와 함께 넘어져도 그 자식은 혼자서 일어설 수 없다. 또 자식이 긴 시간 병상에 누워 생각도 말도 못하고 있는 식물인간들도 있다. 부모들의 마음은 아픔 자체다. 연로한 부모들은 그런 자식들을 두고 어떻게 세상을 떠날 수 있을까를 걱정한다. 그리고 애원한다. 남들처럼 건강만 할 수 있다면 얼마나 좋을까. 남들처럼 활동만 할 수 있다면 얼마나 좋을까를 생각한다. 그리고 또 생각한다. 만약 그렇게만 될 수 있다면 훨훨 날아다닐 수 있을 것만 같고 세상에 못할 일이 없을 것 같으며 그리고 모두를 아끼고 사랑할 수 있을 텐데라고.

그 외에도 볼 수 없는 사람은, 볼 수만 있다면 얼마나 좋을까를. 세상의 모든 사람들을 다 사랑할 수 있을 것 같고, 세상의 모든 일들이 다 즐겁고 행복할 수 없을 텐데, 돈이 없어도 집이 없어도 그런 것들이 문제가 될 수 없을 텐데라고 생각한다.

그런데, 어디든 갈 수 있고, 먹고 싶은 것 마음대로 먹을 수 있는 우리는 불평불만 하고 있다. 미워하고 갈등한다. 힘들어하고 고통스러워한다. 잘못이다.

불평불만 할 수 없다. 갈등하고 미워할 수 없다. 어떻게 그렇게 할 수 있는가.

요즘 사회적 불만자들의 사건, 사고들이 벌어지고 있다. 백주 대낮에 대로에서 아무 이유도 없는 사람들을 무참히 죽이고, 나약한 여자들을 성폭행한다. 바로 잠시 후에 자신들에게 닥칠 비극적 운명을 모르는 것도 아니면서 말이다. 자신들이 얼마나 귀한 존재인지를, 얼마나 행복한 존재인지를 깨닫지 못하고 있다. 안타까운 일이다.

감사해야 한다. 진정 감사해야 한다. 걸어갈 수 있고 또한 맛있게 먹을 수만 있는 것만으로도, 그 이상의 행복과 축복은 없다.

그것을 깨닫는다면, 있는 힘을 다해 열심히 살아가야 한다. 자신이 얼마나 귀한 존재인지를, 얼마나 행복한 존재인지를 깨달아야 한다. 감사해야 한다.

49.

달란트

《대한시니어신문》 칼럼 2023.8.21.

우리는 머리가 좋거나 재능이 많은 사람을 부러워한다. 어떻게 저 사람은 저렇게 머리가 좋을 수 있을까. 어떻게 저 사람은 저렇게 재주가 많을 수 있을까 하고 부러워한다. 그런데 부러워할 필요가 없다.

神은 인간들에게 달란트를 줬다. 한 달란트를 준 사람, 다섯 달란트를 준 사람, 열 달란트를 준 사람, 사람에 따라 각각 다른 달란트를 줬다. 그리고 각 사람의 재능별 달란트 또한 다르다. 머리는 좋은데 노래를 못하는 음치가 있고, 운동은 잘하는데 공부를 못하는 사람도 있다.

그러기에 한 가지 재능에 대해서 한 달란트를 받았다고 실망할 이유가 없고, 열 달란트를 받았다고 해서 자랑할 이유가 없다. 재능별 달란트가 각기 다르기 때문이다. 중요한 것은 그 다음부터다.

우리는 이러한 생각을 한다. 나는 성품이 모질지 못하기에 착하고 선한 일에 대해서는 그래도 다른 사람들보다는 낫지 않은가 하고 생각도 한다.

예를 든다면 필자는 가끔은 살아오면서 주변 사람들에 대해 잘해 주지 못했던 것들에 대해 후회할 때가 있다. 그러면서 잘해 주지는 못했지만 그래도 태생이 악하거나 모질지 못하니까 잘한 것이 아닌가 하고 自慰할 때가 있다. 그런데 그것이 과연 맞는 말일까. 잘해 준 것은 없지만 해를 끼치지 않았으니 그래도 잘한 것 아니냐는 착각을 한다. 말이 안 되는 소리다.

선하고 착한 것은 神이 준 달란트다. 그 위에 무엇을 했느냐가 중요하다.

받은 달란트를 가지고 무엇을 얼마나 어떻게 하느냐 하는 인간의 의지력이 중요한 것이지, 神으로부터 받은 달란트 자체는 자랑할 것이 못 된다. 받은 만큼 책임과 의무가 따르기 때문이다. 열 달란트를 받은 사람은 열 달란트 이상부터 계산돼야 하고, 다섯 달란트 받은 사람은 다섯 달란트 이상부터 계산돼야 하며, 한 달란트 받은 사람은 한 달란트 이상부터 계산하면 된다. 열 달란트를 받고서 다섯 달란트를 남긴 사람보다는 한 달란트를 받았지만 두 달란트, 세 달란트를 남긴 사람이 더 잘한 것이다.

내가 착하고 선한 달란트를 받았다면 자체가 중요한 것이 아니라 그 이상의 남을 위해서 희생하고 사랑할 줄 알아야 한다. 그것이 의무고 책임이다. 혹자는 행복을 위해서 사는 것이 아니냐고 얘기한다. 행복하기 위해서 쉽고 편하게 살면 되지 그렇게까지 힘들게 살 필요가 있느냐고 얘기한다. 맞는 말이다. 행복하기 위해서 사는 것이다. 그러나 창조하지 않는 행복은 행복이 될 수 없다. 창조에는 힘듦과 어려움이 따른다.

우리 인간들은 노력하는 존재다. 神이 준 달란트 위에 새로운 창조의 일을 해야 하는 의무와 책임이 있는 존재다. 가만히 앉아서 노력하지 않는 것은 죄가 된다.

50.
야영 없는
잼버리 대회

《대한시니어신문》칼럼 2023.8.14.

    스카우트 잼버리 대회는 세계 스카우트 연맹에서 주최하는 야영 대회로 만 14세에서 17세까지의 전 세계의 스카우트들이 참가하는 대회다.

    초대 대회는 1920년 영국 런던에서 열렸고, 두 차례의 세계 대전과 이란 혁명으로 대회가 취소된 경우를 제외하고는 매 4년에 한 번씩 열리고 있다.

    그런데 이번 새만금에서 열린 '제25회 세계 잼버리 대회'는 폭염 대책뿐 아니라 시행 과정에서 여러 가지 문제점들이 노출됐다.

    나무 한 그루 없고, 물이 흥건한 진흙탕 매립지에서 국제 행사가 열렸다. 잼버리 행사에 필요한 메인센터 건물은 480억 원의 예산이 들었는데도 행사 때까지 다 짓지도 못했고 내년에나 완공 예정이라고 한다. 그런가하면 온열 질환 치료 약품 일부가 동이 나기도 하고, 화장실·샤

워실의 위생 문제가 지적되기도 하며, '모기가 들끓는다.'는 얘기도 많았다.

이러한 가운데 참가국 중 가장 많은 4,500여 명의 청소년을 파견한 영국이 지난 4일 야영지에서 철수했고, 1,200여 명이 참가하는 미국도 미군기지가 있는 평택으로 옮겼다.

일이 이쯤 되니 정치권에서는 책임을 두고 연일 여야 간 네 책임이다 라며 싸우고 있다. 대내외적으로 볼썽사나운 일이다. 물은 이미 엎질러졌다. 책임과 잘못은 다르다. 책임은 잘잘못을 떠나서 현 정권이 지는 거지 누가 지는가. 집권한 지 1년하고도 수개월이 넘었다. 아니 하루라도 그 책임은 현 정권에 있다. 그동안에 뭘 점검하고 뭘 확인했는가. 5년 동안 전 정권이 해 왔으니 전 정권의 책임이라는 건가. 책임에 대해서는 異論이 있을 수 없다.

그리고 이제부터는 잘잘못을 가려내야 한다. 철저히 가려내야 한다. 가려내지 않으면 안 된다.

준비 과정에 무엇이 잘못됐는지, 어디에서 잘못됐는지를 가려내야 한다. 전 정권에서 5년 동안 했어야 할 일을 하지 않은 것은 무엇이 있는지, 했다면 무엇이 잘못됐는지, 계획은 처음부터 외국의 경험 사례대로 완벽하게 잘 만들어졌는지, 만들어졌다면 일정별 계획대로 차질 없이 진행됐는지, 예산은 목적대로 집행됐는지, 목적 외로 집행된 것은 없는지, 준비를 빙자한 외유성 출장 같은 것은 없었는지, 준비를 빙자한 불필요한 인건비 낭비는 없었는지 등을 철저히 조사해야 한다. 예산은 국민의 혈세다. 한 푼의 혈세라도 소홀히 관리하거나 소홀히 조사할 수 없다. 그리고 그 결과를 一罰百戒해야 한다.

　그런데 한편 이러한 생각이 든다. 스카우트 잼버리 대회는 야영 대회다. 관광이 아니다.

　'스카우트의 근본정신은 함께 어려운 상황을 이겨 내는 도전 정신'으로 '편안함이 아닌 야영과 모험 등을 통해 고난을 극복해 나가는 훈련'이다. 스카우트 대원의 배지는 '고난을 이겨 냈다.'는 증표로 배지가 많을수록 자부심을 갖는다고 한다. 그런데 이번 대회는 야영이 없는 행사가 됐다.

　해외 네티즌들 사이에선 '극한 환경을 극복하는 것이 잼버리 정신인데, 아이들을 호텔에서 자게 하는 등, 한국 정부가 스카우트 대원들에 대해 너무 과도한 배려를 해 준 것 아니냐.'는 이야기도 나온다고 한다.

　그러한 측면에서 생각해 본다면, 이번 제25회 세계 스카우트 잼버리 대회는 스카우트 정신에 입각한 대회가 되었는지 생각해 보지 않을 수 없다.

　극한 상황을 참고 인내하고 극복하는 과정은 청소년들에게 있어서 무엇보다도 중요한 과정이기 때문이다.

51.

그럼에도
불구하고

《대한시니어신문》칼럼 2023.8.7.

    필자가 전철을 탈 때는 맨 앞 칸이나 뒤 칸을 탄다. 이유는 그래도 사람들이 제일 적기 때문이다. 오늘도 맨 뒤 칸에 자리를 잡았다. 자릿수는 경로석을 포함해서 39석인데 자리에 앉은 승객의 숫자는 약 17명 정도가 된다. 자리가 널널하다. 마음에 드는 자리를 골라서 앉으면 된다. 그래서 출입구 쪽 맨 끝 좌석에 앉았다. 사람들 사이에 끼어 앉는 것보다는 한쪽이 비어 있어 편하기 때문이다. 나뿐만 아니라 모든 사람들도 다 그 자리를 선호하는 것도 같다. 그러나 옆 빈 공간에 사람이 서 있기라도 한다면 그때는 더욱 답답하긴 하다.

    오늘은 새벽부터 찜통더위다. 날씨가 더우니 몸에 거추장스러운 물건들은 멀리하고 싶다. 우선 부담스러운 멜빵 가방을 옆 빈자리에 던지듯이 놨다. 그러고도 그 옆자리 옆자리는 다 비어 있다. 땀을 식히면서 눈을 감고 얼마쯤 가다가 눈을 떠 봤다. 그런데 놀라운 사실을 발견하게 됐다. 그래서 몇 번이고 이쪽저쪽을 둘러 봤다. 왜냐하면 나는 생각 없이 가방을 옆 빈자리에 놨는데, 가만히 보니 17명의 모든 사람들이 하나같이 가방과 짐들을 무릎 위에 놓고 있거나 아니면 바닥 양발 가랑이 사이에 놓고 있는 것이다. 이 무더위에 무엇 하나 몸에 닿기라도 하면 덥고 짜증이 나는데, 그리고 다리 사이 바닥에 놓게 되면 바닥에는 머리카락 등이 먼지에 뒤엉켜 굴러다니는데 말이다. 그럼에도 불구하고 필자처럼 옆 빈자리에 놓은 사람은 단 한 사람도 없다. 정말 놀랐다. 그래도한 두 사람 정도는 나 같은 사람도 있을 수 있는데 말이다. 연령대는 거의 4~50대 정도다. 더운 날씨에 또 깨끗지도 않은 바닥에 가방이나 짐을 놓기를 좋아하는 사람은 아무도 없다. 물론 빈자리가 없다면 그때에는 어쩔 수 없겠지만, 39석 자리에 승객은 17명 정도밖에 안 돼, 옆 자리그 옆 자리까지 모두 비어 있는 상태다. 물론 빈자리에 놔도 큰 잘못은아니다. 그럼에도 불구하고 누가 보던 안 보던 아무도 없는 빈자리지만, 내가 사용할 수 없는 공간으로 남의 영역을 존중하고 자신의 공간 안에충실하려는 사람들이다. 작은 일이지만, 희생과 남에 대한 배려다.

요즘 사회적으로 아무 이해관계도 없는 남을 해치는 일들이 자주 일어나고 있다.

그럼에도 불구하고 오늘의 이 모습은 신선하다.

혼자만의 생각이겠지만 필자도 예의는 잘 지키는 사람이라고 생각해왔다. 그런데 죄를 지은 것은 아니지만 순간 죄지은 것 같은 생각이 들어 슬그머니 멜빵가방을 끌어서 무릎 위에 조용히 올려놨다. 나에 대해관심도, 보는 사람도 없지만 모른 척 또 여기까지 그렇게 왔던 것처럼 조용히 올려놨다.

아, 그렇구나, 무심했지만 새로운 깨달음이 신선하게 느껴오는 아침이다. 희망이 있는 아침이다. 기분이 좋다.

얘기는 여기서 끝내려 했다.

그런데 필자는 시간상 어쩔 수 없이 전철에서 신문의 사설을 읽고 칼럼을 읽는다. 그런데 그때 한 기사의 제목이 눈에 들어온다. 바로 "김은경, 연봉 3억 자리 꾸역꾸역 버텨놓곤 尹때 임기 마쳐 치욕?"이란 제목이다. 시비를 걸자는 얘기는 아니다. 민주당 혁신위원장 김은경은 전 정권에서 임명되어 尹정권에서 임기를 끝까지 마친 사람이다. 끝까지 임기를 지킨 것을 또한 뭐라고 하는 말도 아니다. 다만 파렴치한 양심이 지금 전철 안에 있는 사람들의 양심과 비교가 되기 때문이다. 불편함을 감내하면서 자신의 영역 안에서 다른 사람들에게는 폐를 끼치지 않으려 하고, 다른 사람들에 대해 배려하고 존중하며 자리를 비어 놓고 있는 그런 마음과 남이야 어찌 됐던 끝까지 버텨 연봉은 다 타 먹어 놓고도, 치욕스러웠다는 표현이 파렴치하고 가증스럽기 때문이다. 치욕스러웠으면 그만두면 될 일인데 3억 원의 연봉은 끝까지 다 타 먹어 놓고 그런 말을 할 수 있을까. 양심상 앞뒤가 안 맞는 말이 아닌가 하는 생각이 든다. (그분에 대한 다른 기사 내용은 여기서는 얘기 않기로 한다.)

국민의 의식 수준은 변하고 향상되고 있는데 정치의 수준은 예나 지금이나 수준 이하다.

그럼에도 불구하고 우리 사회는 밝다. 그리고 희망이 있어 보인다. 신선한 아침이다.

52.

설익은
민주주의

《대한시니어신문》 칼럼 2023.7.31.

지난 7월 24일 검은 옷과 마스크 차림의 교사·예비교사 약 5000여 명이 서울 종로에서 "교사들의 생존권 보장"을 위한 대규모 집회를 열었다. 서울 서초구 한 초등학교에서 2년 차 교사가 극단적 선택을 한 사건을 계기로 교권(敎權) 침해 실태를 고발하고 나선 것이다.

교사들이 학생들로부터 폭행당하는 일들이 발생되고 있다.

지난 6월 30일에는 서울 양천구의 한 공립초등학교에서 학생이 담임 교사에게 욕설을 하고, 무차별 폭행을 가해 해당 교사는 입 안이 찢어지는 등 전치 3주의 상해와 스트레스장애 진단을 받았고, 6월 12일에는 부산에서도 초등학교 학생이 학생들이 지켜보는 가운데 교사의 가슴 등을 수차례 발로 차는 등 폭행을 해 교사는 가슴뼈 등을 다쳐 전치 3주 진단을 받았다고 한다.

이러한 가운데 교사들이 학부모들로부터 "악성 민원에 대한 글로 시달리고 있다."고 하며 "학생과 학부모 인권을 보호하는 만큼 교권도 보호해 달라."고 호소하고 있는 것이다.

여기에 대해 윤석열 대통령은 7월 24일 수석비서관회의에서 교권 강화와 관련해 교육부 고시 제정과 자치조례 개정 추진을 지시했다. 교사의 극단적 선택의 배경이 되는 학생인권조례 등의 재정비를 주문한 것이다.

최근 5년간 교사가 아동 학대 혐의로 고소·고발당해 수사받은 건수가 1,252건에 달한다고 한다. 대부분은 불기소·무혐의 처분이 되지만 교사들이 겪어야 할 부담과 고통은 너무 큰 것이다. 올해 초 전북에서는 "화장실 가려면 손을 든 뒤 가라."고 지시했다는 이유로 교사가 아동 학대로 고소를 당한 사건도 있었다.

서울 서초구 초등학교 교사의 극단적 선택 배경으로 학생·학부모에 의한 교권 침해 문제가 부각되면서 학생의 자유와 권리에만 치중한 '학생인권조례'가 문제시되고 있다.

현행 '학생인권조례' 제정은 좌파 교육감 주도로 만들어진 것으로서 학생들의 인권만 강조되고 있다.

뉴욕 '학생권리장전'을 보면 권리와 책임이 분명해 "각 학생의 책임 있는 행동만이 이 권리장전에 넣기된 권리의 전제"라며 "이러한 책임을 어길 경우 학교별 훈육 규정에 따른 지도 조치가 이뤄진다."고 명시해, 장전에 언급된 권리엔 책임이 반드시 따른다는 점을 확실히 하고 있다.

반면 우리나라의 경우 서울과 경기, 광주, 전북, 충남, 제주 등 6개 시도 교육청이 채택 중인 학생인권조례를 보면 하나같이 학생이 누려야 할 자유와 권리, 권리 침해에 대한 구제 항목만 있을 뿐, 학생이 지켜야 할 의무나 타인의 권리 존중에 대한 항목은 일절 없다.

두발 및 복장 자유만 보더라도 서울학생인권조례의 경우 "학생은 복장 두발 등 용모에 있어 자신의 개성을 실현할 권리를 갖는다.", "학교의 장 및 교직원은 학생 의사에 반해 복장 두발 등 용모에 대해 규제해선 안 된다."는 두 개 조항으로 끝이다. 반면 뉴욕 학생권리장전엔 "~복장이 위험하거나 학습·지도 과정을 방해하지 않는 선에서만 허용된다."고 적혀 있다.

또 교내 휴대폰 카메라와 소셜미디어 사용, 엎드려 자는 행위 역시 서울 등에선 학생인권조례상 '사생활의 자유', '개인 정보 보호 권리', '휴식권' 조항 때문에 교사가 손을 댈 수 없다. 그러나 뉴욕 학교에서 이런 행위는 다른 학생들의 학습권을 침해하는 행위이기 때문에 즉시 제지할 수 있으며, 불응 시 교사나 교장이 교실 밖으로 쫓아내거나 부모 상담, 반성문 작성, 정학 처분 등 단계별 훈육·지도를 규정에 따라 받아야 한다고 돼 있다.

상황이 이러하니, 조례 제정 책임자들에게 묻고 싶은 것이다.

'학생인권조례'를 어떤 이유와 기준에서 만든 것인지.

권리가 있으면 당연히 의무와 책임이 따르는 것인데, 왜 학생들의 권리만 있고 의무와 책임은 없는지. 도로를 만들었으면 도로 이용 법규를 만드는 것은 당연한 것이 아닌가. 의무와 책임이 권리의 전제가 되듯이 도로 이용 법규는 도로 이용의 전제가 된다.

인기와 표만 생각한 설익은 민주주의 때문은 아닌지 묻고 싶다.

민주주의는 입에 단 것만 주는 것이 아니라 쓴 약도 먹어야 한다. 민주주의는 편한 것만 주는 것이 아니라 다른 사람들 때문에 불편도 해야 하고 때로는 제재와 처벌도 받아야 한다.

민주주의는 균형이다. 균형이 맞지 않으면 민주주의가 아니다. 자유 민주주의에는 자유만 있는 것이 아니라 의무와 책임이 있고, 인권에는 권리만 있는 것이 아니라 역시 의무와 책임이 있다. 그것이 진정한 민주주의다.

'학생인권조례'의 수정이 불가피하다. 조속히 권리와 책임의 균형이 맞는 조례가 될 수 있도록 수정 보완해야 할 것이며, 아울러 교원의 정당한 생활지도에 대해 고의 또는 중대한 과실이 없는 한 아동 학대범죄로 보지 않도록 하는 초중등교육법도 조속 개정해야 한다.

"선생님의 그림자는 밟지도 않는다."고 한 옛말이 무색하다.

설익은 민주주의와 인권이 오늘을 이렇게 만든 것은 아닌지 반성해 봐야 한다.

53.

실패한
지도자

《대한시니어신문》칼럼 2023.7.24.

인기 있는 지도자가 꼭 성공한 지도자는 아니다. 당장 지지율이 높다고 해서 성공한 지도자라고 볼 순 없다. 성공한 지도자는 역사적으로 평가받을 수 있어야 한다. 무섭고 인기 없던 선생님이 나중에 존경받는 선생님이 되듯이 말이다.

오찬 후, 와이셔츠 바람으로 한 손에 커피 컵을 들고 참모들과 함께 청와대 뒤뜰 잔디밭을 평화로이 거닐 때에는 세상에 이보다 더 인간적인 지도자가 있을 수 있을까. 역사상 이렇게 자신의 권위를 아래로 내려놨던 훌륭한 지도자가 있었을까 하고 생각했다.

그런데 왜 그랬을까.

7월 21일자 조선일보 보도에 의하면 문재인 정부가 중국을 의식해 사드의 정식 배치를 미루고 5년 내내 임시 배치했던 것이 확인됐다. 6개월이면 끝나는 환경 평가를 1년 이상 걸리는 '일반 평가'를 받도록 하고, 평가협의회는 구성도 하지 않았다.

공개된 국방부 문건에 따르면 2019년 12월 3일 청와대 국가안보실 주재 회의에서 대통령 방중에 악영향을 줄까 봐 연내 평가협의회 구성은 곤란하다고 결론짓고 사드의 정식배치 절차를 미뤘다.

또 사드 3불(不)이 '한중 간 기존 약속'이라고 적시돼 있었다. 3불은 사드 추가 배치를 않고, 미국 미사일 방어체계(MD)에 참여하지 않으며, 한·미·일 군사 동맹을 하지 않겠다는 것인데, 그동안 3불이 우리 정부의 입장 표명일 뿐이라던 문 정부의 거짓이 드러난 것이다.

1한(限)은 사드 운용에 제한을 둔다는 뜻으로 이것 역시 "사실이 아니다."라고 한 말 또한 거짓이었다.

3불(不)은 대한민국의 군사 주권으로 어떤 국가도 개입할 수 없는 문제다. 그런데 중국 방문을 위해 군사 주권을 내준 꼴이 됐다. 군사 주권을 다른 나라에 내어주는 멍청하고 무책임한 나라가 또 어디에 있을까. 기가 막히다.

또 감사원의 보 해체 결정에 대한 감사 결과를 보면, 말문이 막힌다.

환경부는 2018년 11월 보 해체 여부를 결정하기 위한 4대강 조사·평가위원회 구성에 있어 환경단체의 지시대로 4대강 사업을 찬성 또는 방조했던 전문가들은 제외하고, 반대 전문가들로만 조사·평가위원회 위원 43명을 결성했다. 그러니 결론은 처음부터 뻔한 일이었다.

더 황당한 것은 위원회가 결정을 내리는 데 있어서 활용한 경제성 평가 방법이 말도 안 되는 과학적 분석이 아닌 정치적 결론으로 세종

보·죽산보의 해체를 하게 됐고, 물관리위원회가 동일하게 최종 결론을 내리게 된 것이다.

왜 그랬을까. 그 지도자의 가치관이 무엇이고 통치철학은 무엇이었을까. 도저히 이해가 가지 않는다.

사드는 북핵을 요격하는 체계다. 그런데 왜 중국의 눈치를 봐야 하는 건지, 한 나라의 운명을 책임진 책임자로서 왜 그랬는지 이해가 가지 않는다. 겉으로는 주민들이 반대한다는 이유였지만 사실은 중국 눈치보기였다.

지도자는 가치관이 솔직하고 명백해야 한다. 명백하지 않으면 지도자가 될 수 없다. 그리고 그 가치관이 국민의 보편적 가치관에 맞아야 한다. 맞지 않는다면 역시 그 국민의 지도자가 될 수 없다. 그리고 지도자는 인기나 지지율에 연연해서는 안 된다. 인기는 일에 독이 될 수 있다. 그것보다는 확고한 신념과 철학이 있어야 한다. 그 신념과 철학이 오직 국민만을 위한 것이 돼야 한다. 목숨을 바쳐서라도 국민을 위해 일하겠다는 신념이 있어야 한다. 그 신념과 철학은 어쩌면 인기율과는 반비례될 수도 있다. 인기는 과정일 뿐 성과는 역사가 평가한다.

그리고 그러한 신념과 철학이 확고히 섰다면 이제는 결단하고 추진하는 것이다. 일하지 않으려면 그 자리에 있을 이유가 없다. 국민의 보편적 가치관에, 오직 국민만을 위해 희생하겠다는 신념과 철학이 확고하다면 두려울 것이 없다. 결단하고 추진하면 된다. 거기에는 후퇴가 있을 수 없다. 국민만을 바라보고 국민만을 위해서 일하면 되는 것이다. 좌고우면(左顧右眄)할 이유도 없다. 국민을 위한 일인데 주춤거릴 일이 뭐 있나. 없다. 이것이 바로 진정한 지도자의 길이고 덕목이다.

그런데 그러지 않고 지도자가 무책임하게 국민의 보편적 가치관이 아닌, 이쪽저쪽 눈치만 보는, 물에 물 탄 듯한, 추진력 없는, 무능한 지도자라면 비참한 지도자가 될 수밖에 없다. 결과가 말해 주고 있다.

지도자는 오직 국민만을 위해 일하는 사람이고 그 일에 무한 책임을 지는 사람이다. 그래서 지도자의 책임이 큰 것이다. 일 안하고 책임지지 않으려면 그 자리에 있을 이유가 없다. 지도자는 아무나 할 수 있는 자리가 아니고, 또 해서도 안 된다. 한 나라의 운명이 달린 문제다.

54.

내로남불의
오해

《대한시니어신문》칼럼 2023.7.24.

　요즘 사회적으로 많이 사용되는 단어가 있다. 내로남불이다. 내가 하면 로맨스고 남이 하면 불륜이다. 로맨스는 정상적 남녀 간의 사랑이고 불륜은 부부 이외의 남녀 간의 관계다. 그런데 이 단어가 잘못 오해되는 경우가 있다. 남녀 간의 사랑은 묘(妙)해서 불륜의 관계에서도 당사자들은 그것이 불륜으로 느껴지지 않고 로맨스로 느껴진다. 물론 이성적으로는 잘못인 것은 알고 있지만, 사랑에 빠져 있는 한 느끼는 감정은 불륜이 아닌 로맨스로 착각하게 된다는 것이다. 그러나 어떻든 모든 불륜은 잘못이다.

　그런데 요즘 정치권에서 사용되는 내로남불은 좀 다르다. 남녀 간의 불륜은 사랑에 마취되어 로맨스로 착각하게 되는 경우이지만, 정치에서의 내로남불은 착각이 아닌 의도적 계획적으로 자신의 잘못은 철저히 합리화하고 상대방 잘못에 대해서는 근거도 없이 사실을 왜곡하고

속임수를 써 헐뜯는다. 그것은 내로남불이 아니라 사기다.

근거도 없고 팩트(fact)도 없다. '아니면 말고'식이다. 의혹이 있다면 당연히 확인을 하는 것이 책임 있는 행동인데, 그냥 '그렇다더라.' 하고 던져만 놓는다. 그것은 국민을 속여 이득을 꾀하려는 사기꾼이나 다를 것이 없다. 이런 사람들이 국민의 지도자다.

정쟁은 정당 간의 투쟁이다. 그 투쟁의 지향은 국민 이익이다. 그런데 국민에 대한 생각은 전혀 없다.

민주주의는 다양한 의견들을 조정하여 합의에 이르도록 하는 제도다. 그러기 위하여 토론과 관용과 비판 및 타협 등이 필요하다. 그런데 그러한 것들과는 아무 상관이 없다.

또한 정쟁은 권투 경기와도 같다. 권투에는 룰(rule)이 있고 원칙이 있다. 원칙과 룰을 지키지 않는다면 그것은 권투가 아니라 싸움판이다. 주먹으로 안 되면 연장을 들고 무기를 든다. 그럴 경우 피해를 보는 사람은 주변의 사람들이다.

정쟁에도 rule이 있고 원칙이 있다. 그런데 팩트도 근거도 없이 무조건 내지른다. '아니면 말고'식이다. 지친 국민들은 포기할 수밖에 없다.

정쟁에서 rule과 원칙이 무시된다면 그것 또한 정쟁이 아니라 싸움판이고 그 피해는 고스란히 국민들에게 돌아간다. 부끄러운 일이다.

그런데 이건 또 무슨 말인가.

어느 장관은 국책사업을 백지화한다고 한다. 물론 어려움이 있는 것은 안다. 그럼에도 불구하고 적절치 못한 표현이다.

장관이 무슨 권한으로 국책사업을 백지화한다는 말인가. 대통령도 할 수 있는 말이 아니다. 국책사업이 어느 한 개인의 사업인가. 어느 한 개인이나, 조직의 결정에 따라 해도, 안 해도 되는 사업인가.

공무원에게는 정당한 일에 대해 안 할 권리는 없다. 오직, 해야 할 의무와 책임만이 있다. 국민이 원하는 방향으로 설득하고 추진해야 할 의무와 책임만이 있을 뿐이다.

다만, 국민들이 원하거나 또 그럴만한 이유와 근거가 있다면 그때에는 다음 정권으로 이월시킬 순 있다. 그 외의 방법은 없다.

어렵고 힘들겠지만 그럼에도 불구하고 국민을 위해 일을 하지 않으면 안 되는 것이 공직자다.

그런데 요즘 공직자들은 공무원인지 아닌지, 국회의원인지 아닌지 구분이 가지 않는다.

민주주의는 다수결이다. 그런데 다수결에 의해 진실이 감춰지고 거짓이 진실인 것 같이 보일 때가 있다. 그래서 실망스러울 때가 있다. 그러나 실망할 필요는 없다. 그럼에도 불구하고 거짓과 진실은 언젠가는 드러나기 마련이다. 분명 드러난다. 그것이 진실이다.

55.

잃어버린 자의
감사

《대한시니어신문》칼럼 2023.7.3.

가진 모든 것을 다 잃어버렸다. 그래서 신(神)께 간절히 빌었다. 그러나 神은 주지 않았다. 대신 지혜를 주었다. 교만이 무엇인지를 알게 해 주었고, 교만이 얼마나 부끄러운 일인지, 얼마나 바보스러운 일인지를 알게 해 주었다. 아픔을 모르는 것이 교만이고, 고통을 모르는 것이 교만임을 알게 해 주었다. 만약 잃어버렸던 것들을 다시 주었다면 그 순간부터 또 다시 교만에 빠졌을 것이고, 물질을 더 믿고 물질에 더 의지했을 것이다. 그래서 영혼은 죄 가운데 병들어 갔을 것이다. 그래서 감사한다.

가진 모든 것을 다 잃어버렸다. 그래서 神께 간절히 빌었다. 그러나 神은 주지 않았다. 대신 지혜를 주었다. 잃어버린 것들을 버릴 수밖에, 포기할 수밖에, 또는 그대로 다 비울 수밖에 없게 해 주었다. 그렇지 않았다면 지금도, 그리고 앞으로도, 잃어버린 그것들을 붙잡고 아쉬움에 울부짖고 있을 것이다. 잃어버린 그것들이 자신의 것이 아님을, 진정한 가치가 아님을 깨닫지 못했을 것이다. 그래서 감사한다.

가진 모든 것들을 다 잃어버렸다. 그래서 神께 간절히 빌었다. 그러나 神은 주지 않았다. 대신 지혜를 주었다. 볼 수 있고, 들을 수 있고, 느낄 수 있게 해 주었다. 아팠던 것만큼 아픈 사람들의 아픔을 알 수 있게 해주었고, 고통받았던 것만큼 고통받는 사람들의 고통을 느낄 수 있게 해 주었으며, 힘들었던 것만큼 힘든 사람들의 힘듦을 이해할 수 있게 해 주었다. 그렇지 않았다면, 아픈 사람들의 아픔도 고통도 힘듦도 알지 못하면서 그들을 안다고, 그들을 이해한다고, 그들을 사랑한다고 교만을 떨고 있을 것이다.

그래서 감사한다.

가진 모든 것을 다 잃어버렸다. 그래서 神께 간절히 빌었다. 그러나 神은 주지 않았다. 대신 지혜를 주었다. 세상의 고통도 기쁨도 즐거움도 영원한 것이 아님을 알게 해 주었고, 권세도 명예도 물질도 진정한 가치가 아님을 알게 해 주었으며 오직 일용할 양식이면 만족한 것이고 행복인 것임을 알게 해 주었다. 많이 가진 것이 부요가 아니라, 더 이상 욕심낼 이유가 없는 마음의 부요가 진정한 행복임도 알게 해 주었다. 그 이상의 것이 의미 없는 것임을, 가치 없는 것임을 알게 해 주었다. 그래서 감사한다.

가진 모든 것을 다 잃어버렸다. 그래서 神께 간절히 빌었다. 그러나 神은 주지 않았다. 대신 지혜를 주었다. 예전에는 아픔이 아픔 자체였고 고통이 고통 자체였다. 그런데 아픔의 의미를 알게 해 주었고, 고통의 가치를 알게 해 주었으며 또한 인내의 의미와 가치를 알게 해 주었다. 그래서 산다는 것이 세상적 가치의 축복과 육신의 만족이 아니라 참고 견디고 버리고 비우며 남을 위해 내어주는 것임을 알게 해 주었다. 그것이 바로 성숙이고 완성이며 가치임을 알게 해 주었다.

그래서 감사한다.

가진 모든 것을 다 잃어버렸다. 그래서 神께 간절히 빌었다. 그러나 神은 주지 않았다. 대신 지혜를 주었다. 사랑이 무엇인지를 알게 해 주었다. 이제까지는 사랑의 의미를 잘 몰랐다. 그러면서도 입만 열면 "사랑해야 한다.", "삶은 사랑의 완성이다."라고 하며 많은 말들을 해 왔다. 그러면서도 정작 사랑할 줄 몰랐다. 그런데 사랑이 무엇인지, 삶의 가치가 무엇인지 알 수 있게 해 주었고 '사랑할 수밖에 없는' 또한 '사랑하지 않으면 안 되는 깨달음을 주었다. 잃어버린 물질을 돌려 달라고 빌었지만, 물질이 아닌 사랑할 수 있는 깨달음을 주었다. 물질의 여유로움보다도 더 큰 영혼의 여유로움을 주었다.

그래서 감사한다.

오늘 하루 주어짐에 감사한다.

맛있는 음식을 더 먹을 수 있게 되어서도 아니고, 좋은 옷을 더 입을 수 있게 되어서도 아니다. 오직, 오늘 하루가 주어짐으로 해서 아직 사랑할 수 있는 시간이 남아 있어 감사하고 그리고 아직 감사할 수 있는 시간이 남아 있어 감사한다. 그렇지 않다면 일상 속에서 사랑하며 살아왔어야 할 삶들에 대해 사랑하지 못한 것을 후회하게 될 것이고, 감사하며 살아왔어야 할 삶들에 대해 감사하지 못한 것을 후회하게 될 것이다.

그래서 감사한다. 진정 감사한다.

56.

아픔의
이유

《대한시니어신문》칼럼 2023.7.10.

세상의 모든 아픔들은 다 이유 있는 아픔들이고, 시련과 고통 또한 이유 있는 시련과 고통들이다. 절망해서는 안 된다. 시련과 고통 안에서 지혜를 찾고 성숙돼 가야 한다. 성숙은 사랑해야 함을 깨달아 가는 것이다.

세상에 아픔이 없다면 위로할 일이 없고, 고통이 없다면 감싸 줄 일이 없다. 그 것이 선한 사람이든 악한 사람이든 상관이 없다. 그렇지 않다면 세상은 성숙될 수 없고, 성숙되지 않고는 사랑은 완성될 수 없다.

세상에 가난이 없다면 나눌 일이 없고, 굶는 이가 없다면 베풀 일이 없다. 그것이 선한 사람이든 악한 사람이든 상관이 없다. 그렇지 않다면 세상은 성숙될 수 없고, 성숙되지 않고는 사랑은 완성될 수 없다.

세상에 버림받은 이가 없다면 보살펴 줄 일이 없고, 병든 이가 없다면 위로해 줄 일이 없다. 그것이 선한 사람이든 악한 사람이든 상관이 없다. 그렇지 않다면 세상은 성숙될 수 없고, 성숙되지 않고는 사랑은 완성될 수 없다.

세상에 실수가 없다면 이해해 줄 일이 없고, 잘못함이 없다면 용서해 줄 일이 없다. 그것이 선한 사람이든 악한 사람이든 상관이 없다. 그렇지 않다면 세상은 성숙될 수 없고 성숙되지 않고는 사랑은 완성될 수 없다.

아파 보지 않고는 남의 아픔을 모르고, 고통을 모르고는 남의 고통 또한 모른다. 그래서 아파 봐야 하고 고통도 받아 봐야 한다. 그러지 않고는 성숙될 수 없고, 성숙되지 않고는 사랑은 완성될 수 없다.

잃어버리지 않고는 잃어버림의 아픔을 모르고, 실패하지 않고는 실패의 아픔을 모른다. 잃어 봐야 하고 실패도 해 봐야 한다. 잃어 봐야 지혜를 얻고 실패해 봐야 깨달을 수 있다. 그러지 않고는 성숙될 수 없고, 성숙되지 않고는 사랑은 완성될 수 없다.

시련을 겪지 않고는 시련의 아픔을 모르고, 좌절해 보지 않고는 좌절의 아픔을 모른다. 시련도 겪어 봐야 하고 좌절 또한 해 봐야 한다. 그러지 않고는 성숙될 수 없고, 성숙되지 않고는 사랑은 완성될 수 없다.

절망 없이는 희망할 수 없고, 용서받지 않고는 용서할 수 없다. 절망해 봐야 하고 용서 또한 받아 봐야 한다. 그러지 않고는 성숙될 수 없고, 성숙되지 않고는 사랑은 완성될 수 없다.

세상에 행복과 평화만 있다면, 가난과 질병이 없다면, 고통과 시련이 없다면, 실패와 잘못이 없다면 발전하고 성숙될 일이 없다. 사랑하고 사랑받을 일이 없고, 용서하고 용서받을 일이 없으며, 베풀고 베풂 받을 일이 없고, 희망하고 인내하고 노력할 일이 없다. 도와주고, 나누고, 감싸 주고, 보살피고, 이해하고, 포용하고, 함께해 줄 일이 없다. 그래서 세상은 성숙될 수 없고 사랑은 완성될 수 없다.

그렇지만 사랑은 완성돼 가야 한다. 완성되지 않으면 안 된다. 인간들의 존재 이유고 삶의 이유다. 가난과, 질병과, 고통과, 모든 아픔들의 가치가 거기에 있다. 물론 고통받는 사람, 아픈 사람들은 당장은 힘들고 고통스러울 수 있다. 그렇지만 사랑의 완성을 위해서는 어쩔 수 없는 성숙의 과정이다. 과정 없이는 성숙될 수 없고, 성숙 없이는 삶의 의미 또한 깨달을 수 없으며, 사랑은 완성될 수 없다.

57.

부끄러운
일이다 1

《대한시니어신문》칼럼 2023.6.26.

　신(神)은 인간들을 공동체로 만들었다. 이유는 혼자서는 나눌 수도, 베풀 수도, 사랑할 수도 없기 때문이다

　우리는 나만을 위해 존재하는 것이 아니라 서로를 위해 존재한다. 공동체라는 건물의 완성을 위해 존재한다. 그런데 모든 번뇌와 갈등은 내 중심적 생각에서 온다. 그래서 괴로워하고 힘들어하고 고통스러워한다. 그렇지 않다면 힘들어할 이유가 없고, 내 중심적 생각이 아니라면 갈등하고 괴로워해야 할 이유가 없다. 우리는 서로를 위해 존재한다.

　그런데, 아직도 나만을 위해 살아가고 있다면 부끄러운 일이고, 그것이 부끄러운 일인지 모르고 있다면 또한 부끄러운 일이다.

　아직도 누군가를 미워하고 있다면 부끄러운 일이고, 아직도 누군가를 용서할 수 없다고 한다면 부끄러운 일이며, 아직도 누군가를 사랑할 수 없다고 한다면 역시 부끄러운 일이다.

부끄러움이란 잘못하거나 양심에 거리끼어 볼 낯이 없거나 떳떳하지 못함이다.

때로는 세상적인 것들 때문에 힘들어하고 가지지 못한 것 때문에 갈등하며 살아간다.

그런데 걸을 수만 있어도 행복인 것을 모르고 있다면 부끄러운 일이고, 볼 수 있고 말할 수만 있어도 행복인 것을 모르고 있다면 부끄러운 일이며, 함께할 수만 있어도 행복인 것을 모르고 있다면 부끄러운 일이다.

또한 물질을 가지고 자랑하고 있다면 부끄러운 일이고, 권력과 명예를 가지고 자랑하고 있다면 부끄러운 일이며, 아직도 자랑할 것이 남아 있다고 자랑하고 있다면 부끄러운 일이다.

사랑은 하나 되고 일치되는 것이다. 그런데 상대를 알지 못하고, 또 이해하지 못하고는 하나 되고 일치될 수 없고 사랑을 할 수 없다. 아픈 사람의 아픔을 모르고, 고통받는 사람의 고통을 이해하지 못하고는 하나 되고 일치될 수 없고, 그래서 진정한 사랑을 할 수 없다.

그런데 아직도 아픔과 고통을 모르고 있다면 부끄러운 일이고, 아직도 배고픈 사람의 배고픔을 모르고 있다면 부끄러운 일이며, 소외되고 헐벗고 버림받은 이들의 아픔을 모르고 있다면 부끄러운 일이다.

우리 모두는 잠시 후면 떠나간다. 세상적 가치도 떠나가고 미움도 아픔도 다 떠나간다. 자랑할 것도 아쉬워할 것도 부러워할 것도 아무것도 없다. 그런데 아직도 자신의 존재를 볼 수 없고 떠남을 생각지 못하고 있다면 부끄러운 일이고, 모든 이들이 아끼고 사랑하고 아쉬워해야만 할 대상들임을 깨닫지 못하고 있다면 그것이 부끄러운 일이다. 더욱이 아끼고 사랑하지 못한 것을 후회하게 될 것을 깨닫지 못하고 있다면 정말 부끄러운 일이다.

우리는 나를 위해 사는 것이 아닌 서로를 위해 산다. 나만을 생각하고 나만을 위해 살아가고 있다면 부끄럽고 후회스런 삶을 살게 된다.

58.
위로받을 수 있는
이유

《대한시니어신문》칼럼 2023.6.19.

때로는 세상을 원망하고 절망하며 살아간다. 그런데 그것이 잘못된 생각이다. 감사해야 한다.

우리는 내가 내 자신의 것인 줄 착각하며 살아간다. 그래서 아쉬워하고 미워하고 아파한다. 그리고 고민하고 힘들어하고 갈등한다.

우리는 원래 없었다. 그리고 원래대로 없어진다. 그런데 어떻게 그러한 것들이 내 것이 되고, 욕심내고 힘들어하고 아파하고 갈등할 수 있는 건지, 그리고 나만을 주장하며 살아갈 수 있는 건지.

감사해야 한다. 내가 존재할 수 있는 것만으로도, 영원으로부터 선택되어졌다는 것만으로도, 생명이 있다는 것만으로도, 오늘 하루 건강한 것만으로도 그것은 감동이고 감사하지 않을 수 없다.

행복인 것을 몰랐다. 아파할 수 있고 실패하고 좌절하고 절망할 수 있는 것이 행복인 것을 몰랐다. 살아 있음이, 존재할 수 있음이 행복인 것을 몰랐다. 반면 불행인 것을 몰랐다. 아파할 수 없고 실패하고 좌절 하고 절망할 수 없는 것이 불행인 것을 몰랐다.

우리는 없었다. 그래서 아파할 수 없었고 좌절하고 절망할 수 없었다. 그런데 고민하고 아파하고 좌절하고 절망할 수 있으니 감사한 일이 아닌가.

우리는 자신이 눈을 만들지 않았고 귀를 만들지 않았다. 그런데 길가에 핀 예쁜 꽃을 바라볼 수 있고 하늘의 맑은 새소리를 들을 수 있다. 감사한 일이 아닌가. 우리는 코를 만들지 않았고 입을 만들지 않았다. 그런데 라일락꽃의 향기를 맡을 수 있고 누군가를 위해 복을 빌어 줄 수 있다. 감사한 일이 아닌가.

이 모든 것들에 대해 우리가 한 일은 아무것도 없다. 그런데 보고 듣고 말하고 생각할 수 있으니 감사한 일이 아닌가.

우리는 욕심내며 살아간다. 그래서 갈등하고 번뇌한다. 번뇌는 소유에서 생기고 평화는 비움에서 생기며, 번뇌는 내 것이 아닌 내 것에 갇혀 있을 때 생기고 평화는 그것으로부터 해방됐을 때 생긴다.

내가 내 것으로 착각할 때 교만하게 되고 번뇌하고 힘들어하고 갈등하지만, 내 것이 아님을 깨닫게 될 때 겸허할 수 있고 내어놓을 수 있으며 평화를 얻을 수 있고 진정한 가치를 깨닫게 되며 감사할 수 있다.

욕심낼 이유가 없고 교만할 이유가 없으며 좌절하고 절망할 이유가 없다. 우리는 없었고 또한 원래대로 없어진다.

　주변만을 보지 말고 높은 하늘을 바라보자. 현실만을 보지 말고 먼 시간을 바라보자. 내가 내 것이 아님을 깨닫게 되고 여유로움을 찾으며 감사함을 깨닫게 된다. 존재할 수 있다는 것은 우리를 위로할 수 있는 충분한 이유가 된다.

59.

아쉬움
뿐이다

《대한시니어신문》칼럼 2023.6.19.

떠남은 놓을 수 있다. 미움도 분노도 용서하지 못함도 다 놓을 수 있다. 떠남은 버릴 수 있다. 아픔도 고통도 시련도 다 버릴 수 있다. 떠남은 비울 수 있다. 욕심도 집착도 번뇌도 다 비울 수 있다. 이유는 떠나기 때문이다. 떠나기 때문에 놓을 수 있고 버릴 수 있고 비울 수 있다.

떠남은 아쉬움이다. 미움도 아픔도 고통도 분노도 다 놓고 떠나니 아쉬움일 수밖에 없다. 미움도 아쉬움일 수밖에 없고, 아픔도, 고통도, 분노도 아쉬움일 수밖에 없다. 그래서 떠남은 아쉬움이다.

우리는 생활 속에서 떠남에 대해 많은 체험을 하며 살아간다. 정든 곳으로부터의 떠남과 정든 사람들로부터의 떠남, 그리고 정든 직장으로부터의 떠남 등 시간과 공간속에서 많은 떠남들을 체험하며 살아간다. 그럴 때마다 느끼는 것이, 이제까지의 어렵고 힘들었던 일들도, 주변과의 갈등도, 힘들었던 사람들과의 관계도 다 아무것도 아니었음을 깨닫게 된다. 떠나는 순간만큼은 아쉽고 소중하고 그리고 힘들고 어려웠던 고통의 시간들도 다 아쉬움으로 변하기 때문이다.

삶도 마찬가지다. 우리는 잠시 후면 모두 다 떠나간다. 아주 잠시 후면 다 떠나간다. 남아 있을 사람은 아무도 없다. 그래서 그동안 살아오면서 있었던 모든 일들, 힘들었던 일, 고통스러웠던 일, 즐거웠던 모든 일들로부터도 다 떠나게 된다. 우리에게 남아 있을 것은 아무것도 없다. 그런데도 우리는 힘들어하고 고통스러워하고 미워하고 집착하며 살아간다. 때로는 삶을 포기하기까지도 한다. 잠시 후면 모두가 다 떠나가는데 말이다. 고통도 아픔도 미련도 다 아무것도 아닌 것이 되어지는데 말이다.

짧은 잠시이기에 고통이 고통일 수 없고 아픔이 아픔일 수 없으며, 짧은 잠시이기에 미움이 미움일 수 없고 분노가 분노일 수 없다. 떠남은 미련과 아쉬움뿐이다. 그런데도 왜 아파하고 미워하고 욕심을 내는 건지, 왜 집착하고 번뇌하는 건지. 집착할 이유가 없고 번뇌할 이유가 없다. 모두 다 아쉬움뿐인데, 왜 그것들을 잊고 사는지 모를 일이다.

잠시 후면 떠나간다. 아주 잠시 후면 다 떠나간다. 떠나기에 놓을 수 있고, 떠나기에 버릴 수 있으며, 떠나기에 비울 수 있다.

아쉬움과 용서와 사랑만이 있을 뿐이다.

60.

선행이 잘 안 되는
이유

《대한시니어신문》 칼럼 2023.6.12.

나만을 위한 이기적 삶에서 남을 위한 삶으로 옮겨 가야 한다. 그것이 잘 사는 삶이고 가치 있는 삶이며 완성된 삶이고 우리가 존재하는 이유의 삶이다. 그런데 남을 위한 삶이란 처음부터 거창하거나 대단한 일로서 어렵고 힘든 일만은 아니다. 작은 일 하나에서부터 즉, 떨어진 휴지 하나를 줍는다든지 또는 작은 미소 하나를 건넨다든지 하는 조그마한 일에서부터 시작되는 것이 아닌가 생각된다.

그러나 실제로는 '그렇게 해야겠다.' 하고 생각도 하고 또 그렇게 행동도 해 보지만 망설여지고 주저하게 되며 생각만큼 쉽게 잘 이루어지지 않는 것이 또한 선행의 실천이다. 마음은 '그렇게 해야겠다.'고 생각도 하고 원하고 있으면서도 이상하게도 행동으로는 선뜻 용기가 나지 않는다.

그 이유가 무엇일까. 무엇 때문에 마음에서 하고자 하는 선행을 잘할 수 없는 것일까.

그 이유를 보통 체면이나 품위 또는 창피하고 쑥스러워 망설여지고 용기를 내지 못하는 것이라 생각하는데 정말 그런 것인가 하고 생각해 본다.

그런데 꼭 그렇지만은 않다. 품위나 체면이나 쑥스럽고 창피함 등의 이유 때문이 아니다.

왜냐하면 품위란 '인간이 갖추어야 할 위엄이나 기품'인데, 그렇다면 남을 돕고 위하는 일이 위엄이나 기품에 어긋나는 일이 되는가. 지체장애인이 건널목을 힘들게 건너가고 있을 때, 얼른 손이라도 잡아 도와주는 일이 품위에 어긋나는 일인가. 깨끗한 도로 위에 떨어진 오물 하나를 줍는 일이 품위에 어긋나는 일인가. 전철이나 지하도에서 구걸하는 사람에게 남의 눈치 봄 없이 얼른 천 원 한 장이라도 건네주는 일이 품위에 어긋나는 일인가. 아니다, 당연히 해야 할 일을 하지 못하는 그것이 오히려 품위에 어긋나는 일이 될 것이다.

그렇다면 체면 때문일까. 체면이란 '남을 대하는 됨됨이와 도리'인데 그렇다면 그것 또한 아니다. 인간으로서 마땅히 할 도리를 다하지 못하는 그것이 오히려 체면에 어긋나는 일이 된다.

그러면 창피함 때문인가. 창피함이란 '떳떳하지 못하거나 체면이 사나워 부끄러운 상태'로, 이것 역시 오히려 남을 돕고 해야 할 일을 하지 못하는 그것이 떳떳하지 못한 창피한 일이다. 물론 용기도 아니다. 용기만 가지고는 선행을 할 수 없다. 그렇다면 무엇 때문에 마음에서 원하는 일을 선뜻 할 수 없는 것일까. 그것은 교만의 마음 때문이다. 용기가 나지 않고 쑥스러워지고 눈치가 보이는 것은 겸손이 아닌 우리가 살아오면서 자신도 모르게 체질화되고 자기화된 교만의 마음이 우리를 통제하고 주저하게 만드는 것이다.

교만이란 '잘난 체하는 태도로 겸손함이 없이 방자한 것'으로 자신만을 내세우고 나타내려 하는 이기적 행위가 바로 교만의 행위다.

교만의 모습은 살아오면서 자신도 모르게 교만의 생각과 행동들이 본래의 모습에 덧입혀지게 되고, 그래서 자기화되고 체질화된 그것들을 우리는 품격이나 인격 등의 모습으로 착각하게 된다. 그러면서 자신은 자신의 모습을 볼 수도 느낄 수도 없다.

그러므로 선행의 실천을 망설이게 하고 주저하게 만드는 것은 체면이나 품위나 용기가 아니라, '내가 그것을 어떻게 해. 쑥스럽고 창피하게. 남이 보면 어떻게 생각하지.' 하는 교만의 마음 때문에 하고자 하는 선행을 할 수 없게 된다.

교만의 모습을 보고 느낄 수 있어야 한다. 그리고 교만으로부터 자유로울 수 있어야 한다. 물론 쉬운 일은 아니다. 그럼에도 불구하고 교만을 버리지 않고는 자유롭게 선행을 할 수 없고 사랑을 완성시킬 수 없다. 사랑은 완성해 가야 한다.

61.

경쟁

《대한시니어신문》칼럼 2023.6.5.

우리는 TV 화면을 통해 동물들의 세계를 보면서 의문시되는 것이 있다. 다른 동물들에게 피해도 주지 않고 착하게 살아가는 초식동물들이 왜 포식동물들에 의해 잡혀 먹혀야 되는지, 죄 없는(?) 초식동물들의 어린새끼들이 몸부림치며 잡혀 먹힐 때에는 왜 그래야 되는지 모를 일이다. 사랑의 신(神)이라면 말이다.

모든 생명체가 풀이나 열매들을 먹고 생존할 수 있도록 했으면 좋았을 텐데, 아니면 먹지 않고도 살아갈 수 있도록 했으면 더 좋았을 텐데 말이다.

인간 사회도 마찬가지다.

힘 있는 나라가 힘없는 나라를 지배하고 강자가 약자를 약탈한다. 왜 강자가 약자를 지배하게 했는지, 왜 가진 자가 가지지 못한 자를 지배하게 했는지, 힘 있는 자가 힘없는 자를 지배하게 했는지, 이해가 되지 않는다. 모든 인간들이 서로 평화롭게 공존하며 살도록 하지 않고, 지배를 하고 지배를 받게 했는지 이해가 되지 않는다.

그런데 이러한 생각이 든다.

존재하는 모든 것들은 번성하고 발전해야 한다.

그런데 만약, 모든 생명체들이 생명의 위협에서 오는 생존 경쟁 없이 또는 투쟁 없이 평화롭게만 살아가게 했다면 과연 번성하고 발전할 수 있을까. 종족 번식의 필요성을 느낄 수 있을까. 나라와 나라가 또는 사람과 사람들이 생존의 위협이나 경쟁 없이 살아가게 했다면 과연 발전할 수 있을까 하는 생각이 든다.

그런데 그렇지 않다. 종족 번식이 이루어지지 않을 것이고 발전하지 않을 것이다. 종족 번식과 발전의 필요성을 느끼지 못할 것이고, 그래서 번성과 발전은 이루어지지 않을 것이다.

초식동물들이 포식동물들 앞에서, 또는 약자가 강자 앞에서 생존을 위해 또는 번식과 발전을 위해 그 필요성을 느끼지 못한다면, 경쟁하고 투쟁할 이유가 없고 경쟁하고 투쟁하지 않는다면 결코 번성하고 발전할 일은 없을 것이다. 또한 모든 생명체들이 먹지 않고도 생존할 수 있다면, 식물도 동물도 인간들도 노력하고 경쟁할 일이 없고 그래서 또한 번성하고 발전하는 일은 없다. 모든 생명체들이 먹기 위해, 또는 종족 번식을 위해 경쟁하며 생존하도록 한 것은 신(神)의 섭리다. 우리가 바쁘게 살아가는 이유도 번성하고 발전하기 위한 경쟁 때문이다. 경쟁이 아니라면 바쁘게 살아갈 이유가 없다.

배부르고 평화롭다면 경쟁할 일이 없고, 경쟁할 일이 없으니 노력할 일이 없으며, 노력할 일이 없으니 발전 또한 없다.

평화만 있는 게 평화가 아니고, 행복만 있는 게 행복이 아니다. 놀고 먹기만 한다면 비만에 걸리고, 평화만 있다면 나태되며, 정체돼 있다면 부패되고 퇴보될 것이다. 경쟁 없이 정체돼 있는 것은 잘못이다.

번성하고 발전해야 한다. 그 과정에 투쟁과 경쟁과 시련이 있다.

펩시의 회장이었던 웨인 캘로웨이는 이렇게 말하고 있다. "나를 없애려는 경쟁자를 계속 바라보는 것만큼 내 일에 집중하게 해 주는 건 없다."고. 경쟁자에게 생존의 위협을 받는 건 그 자체로 위기일 수 있지만, 그러나 경쟁은 자신을 보다 더 강하게 만드는 계기가 된다. 그리고 자극받는 것만큼 동기 부여가 되며, 경쟁자의 장점이 나의 한계적 생각과 능력의 변화를 가져올 수 있다. 그래서 경쟁할 수밖에 없는 것이다.

경쟁을 두려워할 이유가 없다. 중요한 것은 선의의 투쟁과 선의의 경쟁이어야 한다. 번성과 발전을 위해 최선의 경쟁을 해야 한다. 그것이 신(神)의 섭리다.

62.

인기는
독이 된다

《대한시니어신문》 칼럼 2023.5.31.

　높은 산에 오르면 모진 비바람을 견뎌 내고 잘 자란 고목들을 볼 수 있다. 그런 나무들은 생명력이 강하고 단단해 쓸모 있는 나무가 되지만, 그러나 온실 속에서 고이 자란 나무는 조그만 비바람에도 견뎌 내지 못한다. 또한 모든 일에는 때가 있다. 심을 때가 있고 성장할 때가 있으며 거둘 때가 있다. 하나의 식물도 봄에 싹을 내고 비바람을 맞으며 성장의 과정을 거쳐 열매를 맺는다. 중요한 것은 양분도 중요하지만 성장하는 과정과 환경 또한 중요하다. 온실 속의 나무는 양분은 충분하겠지만 작은 비바람에도 견디기 어렵다. 작은 비바람을 견뎌 낼 수 있어야 큰 비바람을 견뎌 낼 수 있다.

　사람도 마찬가지다. 과정을 거쳐 성장하고 성숙된다. 환경도 여건도 중요하지만 성장의 과정 또한 중요하다. 시련과 어려움을 잘 견뎌 낼 수 있는 성장 과정의 체험이 필요하다.

시련을 잘 견뎌 낸 사람은 큰 고난과 시련에도 흔들리지 않지만, 어려움 없이 고이 자란 사람은 조그마한 시련에도 견뎌 낼 수 없다. 그리고 어려움 모르고 자란 사람은 아픔과 고통을 모르기에 남의 아픔 또한 모른다. 그것이 교만이고 불행이 된다. 인간은 아픔을 알고 시련과 고통을 겪어 봐야 한다. 그런 체험을 해야만 겸허해질 수 있고 남의 아픔을 이해할 수 있으며 그리고 사랑할 수 있게 된다.

그래서 걱정되는 것이 있다. 요즘 TV를 보면 어린 학생들이 트로트 경연 프로에 많이 참여한다. 노래들을 참 잘한다. 천부적이다.

그래서 관중들로부터 열광을 받고 인기를 얻는다. 한두 번이 아니고 지속적으로 출연을 하기도 한다. 열광과 인기는 더해 간다. 그래서 하는 얘기다.

어린 나이에 관중들로부터 열광과 찬사를 받고 인기를 누리게 되는 것이 걱정이 되는 것이다. 식물이 성장하는 과정에는 양분도 중요하지만 눈, 비, 바람을 맞을 수 있는 적응의 과정이 필요하듯이, 사람 또한 찬사와 인기만 필요한 것이 아니라, 아픔과 시련과 고통의 체험 또한 필요하다. 그래야 겸손을 배우고 이해와 양보를 배우며 사랑을 배우게 된다.

타고난 재능을 소개하는 것은 좋다. 사람들로부터 재능을 인정받고 칭찬받는 것은 좋다. 자신감을 주고 용기를 줄 수 있다. 그런데 어린 나이에 성인 무대에서 지속적으로 인기를 누리는 것에 대해서는 좀 생각해 볼 일이 아닌가 한다. 판단력이 부족한 어린 나이에 칭찬과 인기를 계속 누리는 것은 그리 좋은 것은 아닐 것 같다.

인기는 눈을 멀게 하고 귀를 듣지 못하게 하며 자칫 교만에 빠질 수 있게 한다.

더욱이 어린 나이에는 스펀지의 물 흡수하듯이 그대로 흡수된다.

그래서 제작진들에게 묻고 싶다.

어린 아이들의 성장과정은 생각하지 않고 시청률만을 지향한 방송은 아닌지.

칭찬과 인기만 먹고 자란 아이들의 장래가 어떨 것인지를 생각해 봤는지.

삶은 성숙을 위해 단련해 가는 과정이다. 눈비도 맞아 봐야 하고 비바람도 맞아 봐야 하며 태풍 또한 맞아 봐야 한다. 비바람을 맞아 봐야 비바람을 맞는 다른 사람들도 이해할 수 있고 사랑할 수 있으며 더 큰 비바람을 맞을 수 있다.

칭찬과 인기는 독이 된다. 천부적 재능을 좋은 그릇에 담아 오래 간직할 수 있는 지혜가 필요하지 않은가 생각된다.

63.

절망은
없다

《대한시니어신문》칼럼 2023.6.12.

　우리는 혼돈의 시대에 살고 있다. 무엇이 옳고 그른 건지, 무엇이 정의고 공정인지, 사회적 가치 기준이 없다. 정의가 불의가 되고 악이 선이 되기도 한다. 나는 옳고 너는 그르다. 우기면 선이고 목소리가 크면 정의다. 그러나 걱정할 필요는 없다.

　세상에는 선과 악이 공존하고, 빛과 어두움이 공존하며, 그리고 정의와 불의가 함께 공존한다. 때로는 악이 선을 이기는 것 같고, 어두움이 빛을 지배하는 것 같으며, 불의가 정의를 이기는 것 같이 보인다. 그런데 그렇지 않다. 악이 선을 이길 수 없고, 불의가 정의를 이길 수 없으며, 어두움이 빛을 이길 수 없다.

　세상은 진리대로 흘러가고 빛과 선과 정의가 있는 곳으로 간다.

　인간들에게는 자유 의지가 있다. 따라서 선과 악의 모든 결과물들은,

또한 빛과 어두움과 정의와 불의의 모든 결과물들은 모두 다 인간 의지 선택의 결과물들이다. 그러므로 시련과 고통, 실패와 좌절, 전쟁과 파괴, 절망과 불행, 그 모든 것들 또한 인간 의지 선택의 결과물들일 수밖에 없다.

물이 흘러가는 과정에는 암초도 있고 벼랑도 있고 온갖 걸림돌들이 있을 수 있다. 그러나 물줄기의 큰 흐름은 가고자 하는 곳으로 간다. 빛과 선과 정의가 있는 곳으로 간다. 진리대로 흘러간다.

세상은 전쟁과 평화가 함께 공존한다. 인간은 그중 하나를 선택할 수 있다. 그런데 보기에는 '전쟁이 평화를 이기는 것 같고 악이 선을 이기는 것 같이' 보인다. 그러나 그렇지 않다. 세상은 진리대로 흘러간다. 큰 물줄기가 흘러가듯 흘러간다.

그래서 세상은 그럼에도 불구하고 좀 더 나은 세상의 평화를 위해, 좀 더 나은 세상의 행복을 위해 발전해 간다.

세상은 발전과 파괴가 함께 공존한다. 인간은 그중 하나를 선택할 수 있다. 그런데 보기에는 '파괴가 발전을 이기는 것 같이 보이고 그래서 또한 악이 선을 이기는 것 같이' 보인다. 그러나 그렇지 않다. 세상은, 진리대로 흘러간다. 큰 물줄기가 흘러가듯 흘러간다.

그래서 세상은 그럼에도 불구하고 날로 번성해 가고 있고, 모든 인류가 더욱 행복해질 수 있도록 문명 문화가 발전해 간다.

세상에는 정의와 불의가 함께 공존한다. 인간은 그중 하나를 선택할 수 있다. 그런데 보기에는 '불의가 정의를 이기는 것 같이' 보이고 그래서 진리가 없는 것 같이 보인다. 그러나 그렇지 않다. 당장은 그렇게 보일지 모르지만 세상은 진리대로 흘러간다. 물줄기가 흘러가듯 흘러간다.

그래서 세상은 그럼에도 불구하고 법과 양심과 정의가 모든 악과 불의와 부정을 심판하고 좀 더 밝고 정의로운 세상을 향해 개선되고 향상돼 간다.

사람들은 이러한 말들을 한다. "진리가 어디 있고 정의가 어디 있어?" 진리가 있다면 세상의 모든 불의와 부정과 온갖 비리와 죄가 저렇게 난무할 수 있고 불의한 자들이 배불리 잘 먹고 잘 살 수 있으며 반면 "정의대로 착하게 살아가는 사람들은 고통과 억압 속에서 힘들게 살아갈 수 있는가."라고 얘기한다. 그렇다. 당장 눈앞에 보이는 현실만을 바라보게 된다면 그 말이 맞는 것도 같다. 그러나 그렇지 않다.

얘기했듯이 세상의 흐름은 큰 물줄기가 흘러가는 것과 같이 흘러간다. 물이 흘러가는 과정에는 불의와 부정과 온갖 죄와 시련과 그리고 실패와 좌절과 아픔이 있을 수 있다. 그래서 당장 현실만을 바라봤을 때에는 불의와 부정과 온갖 악의 세력들이 정의와 선을 이기는 것 같이 보일 수 있고 그렇게 느껴질 수 있다. 그러나 물줄기의 큰 흐름은 갈 길을 간다. 진리대로 흘러간다. 그것이 바로 세상의 이치다.

걱정할 이유가 없다. 현실만을 바라보고 괴로워할 이유가 없고, 현실만을 바라보고 두려워할 이유가 없다. 물줄기는 갈 길을 간다. 빛이 있는 곳으로, 선이 있는 곳으로, 진리가 있는 곳으로 간다.

64.
지혜의
삶

《대한시니어신문》칼럼 2023.5.23.

TV 화면을 통해 가끔 아프리카 야생 동물들의 생활상을 볼 수 있다. 동물들의 살아남기 위한 생존 경쟁을 보고 있노라면 흥미롭다기보다는 때로는 처절하다는 생각까지 든다.

그러한 모습들을 보면서 우리 인간들의 삶은 그렇지 않은가 하고 생각해 본다. 그러나 인간들의 삶도 동물들의 삶과 다를 것이 없다.

열차를 타고 넓은 평원을 달려 본다. 이때 논밭 저 멀리의 나무나 전주들이 하나둘씩 달리는 열차를 스치며 사라져 가는 모습들을 볼 수 있다. 첫 번째 전주가 스쳐 사라져 가고, 두 번째 전주가 사라져 가며, 세 번째, 네 번째, 다섯 번째 전주가 스치며 사라져 가고 있다. 이제 첫 번째, 두 번째의 전주는 이미 저 멀리에 가물거리며 보이지 않게 사라져 가고 있고 그럼에도 열차는 쉴 줄 모르고 달려가고 있다.

우리의 삶의 시간과 비교해 본다. 5개월 전의 어느 날도 벌써 지나간 지 오래됐고, 4개월 전의 어느 날도 지나간 지 오래 됐으며, 3개월 전, 2개월 전, 1개월 전의 날들도 모두 사라져 지나갔고, 어제의 시간도, 조금 전의 시간도 쉴 사이 없이 우리를 스치며 사라져 간다.

5개월 전, 4개월 전의 날들은 이미 아득히 기억에서도 멀어져 가고 있고, 이제 눈앞에 보이는 내일도 오늘처럼 그리고 모레도, 몇 개월 후의 날들도, 1년 후의 날들도, 우리를 스치며 뒤로 사라져 갈 것이다. 삶의 시간은 무서운 속도로 쉴 줄 모르고 달려오고 있고 그러므로 결국 삶의 마지막 시간마저도 분명 우리 앞에 닥쳐올 것이며 그리고는 곧바로 영원의 시간 속으로 사라져 보이지 않게 된다.

생각해 본다. 삶의 마지막 시간이 우리를 스쳐 지나갈 때에 지나치는 그 순간부터 현재의 존재하는 모든 것들, 부귀도 명예도 권세도 고통도 미움도 갈등도 그 어느 것들도 영원히 다시는 만날 수 없게 된다는 것을….

그렇다면 그것을 진정으로 깨닫고 느낄 수 있다면 세상 것 무엇 하나에 목숨 걸고 싸울 만한 의미가 있는지, 증오하며 다툴 만한 의미가 있는지 생각해 보지 않을 수 없다.

의미가 없다. 아무 의미가 없다. 적을 만들고 투쟁하며 원수를 만들 아무런 이유가 없다.

인간관계에서의 모든 갈등과 미움과 적을 만들고 원수를 만드는 일들이 한낱 바보스럽고 어리석은 일이며, 스쳐 지나치는 순간부터 다시는 이 세상에서 영원히 볼 수 없고 만날 수 없는 것들이기에(또는 사람들이기에) 참을 수 있고, 이해할 수 있고, 용서할 수 있으며 아쉬워하고 아끼고 사랑하고 그리워해야만 할 대상들인데 그런데 그러지를 못한다.

삶의 의미와 가치를 찾고 깨달아야 한다. 투쟁을 위한 적을 만들고 원수를 만드는 일들이 아닌, 삶의 진정한 의미와 가치를 깨달아야 한다. 그것을 깨달을 수 있다면 우리는 나만을 위한 이기적 삶을 살 수 없고 적을 만들고 원수를 만드는 일을 할 수 없으며, 아쉬워하고 이해하고 용서하고 사랑하지 않을 수 없고, 또한 현실에서 겪는 어떠한 갈등도 미움도 고통도 시련도 그 무엇들도 다 참고 견뎌 낼 수 있다.

그것이 지혜의 삶이고 가치의 삶이다. 동물들의 세계와 같이 어리석고 바보스러운 이기적 삶을 살아가서는 안 될 것이다.

65.

라면과
코인

《대한시니어신문》 칼럼 2023.6.5.

　더불어민주당 김남국 의원이 작년 1~2월 가상 화폐의 일종인 '위믹스' 코인 80여만 개, 최고 60억 원어치를 보유했던 것으로 보도됐다.

　그런데 과거 그가 후원금을 모집하면서 올렸던 글들이 다시 부각 되고 있다. 당시 김 의원은 "후원 꼭 부탁드린다."고 호소했고 "후원금이 텅텅 비었다. 청년 정치인들은 후원금 모금하기가 정말 쉽지 않다."고도 했다. 그러면서 그는 '매일 라면만 먹고 구멍 난 운동화만 신는 가난한 청년 정치인'이라고도 했다. 그렇게 해서 2022년 국회의원 가운데 가장 많은 후원금을 모금했다.

　그런데 그의 이번 사건으로 많은 국민들이 분노하고 있고, 특히 젊은 청년들에게 많은 상처를 주고 있다. 자신의 본 모습을 숨기고 가난 팔이를 하면서 국민들을 속이는 것에 대해 분노하고 있다.

　조선일보 보도에 의하면 그는 국회 상임위와 본회의 도중 수시로 코인을 거래한 정황이 들어났다. 그는 '핼러윈 참사'를 논의한 지난해 11월 국회 법제사법위원회 회의에서 검은 넥타이를 매고 가슴에는 '근조(謹弔)' 리본을 달았다. 그리고 그는 "모든 정부 부처가 다 동원돼서 한마음으로 이 진실을 규명해야 한다."고 준엄한 표정으로 정부를 질타한 그날도 상임위 중에 자리를 비우고 위믹스 코인을 다른 코인으로 교환하는 거래를 했다고 한다.

평소 그의 얼굴은 해맑기까지 하다. 대정부 질문도 당당하다. 그런 그의 이중성이 정말 놀랍다. 어떻게 그렇게까지 앞뒤가 다를 수 있는지 놀랍지 않을 수 없다.

또한 앞서 '이모(李某) 교수'를 '이모(姨母)'로 오인해 논란이 됐던 한동훈 법무장관 인사청문회 날도 15차례, 검수완박법 처리를 위한 본회의 때도 10차례 코인을 거래한 기록이 나왔다. 그러나 김 의원의 코인 지갑이 모두 공개된 상태가 아니어서 더 있을 수도 있다는 얘기다.

글쎄, 가상화폐 거래 자체가 위법인지, 부당한 일인지 아니면 거래상 행위 자체에 위법 부당한 일이 있었는지는 모른다. 그것은 조사기관에서 조사하면 될 일이다.

단지, 하고자 하는 얘기는 공직자로서의 자격이 없다는 얘기다. 국회의원이 국정 논의 시간 중 개인 재산 불리기에 열중했다면 공직자로서의 존재 이유를 스스로 부정한 셈이다.

그러면서 그는 상임위 회의 도중 국회 안 휴게실이나 화장실에서 코인 거래를 했다고 당에 밝힌 것으로도 전해졌다. 그걸 믿을 사람은 없겠지만 중요한 것은 장소가 아니라 시간이다.

근무 시간 중에 근무 외 일을 해도 된다는 얘긴가. 공직자로서 기본이 안 돼 있다.

국회의원은 헌법과 국회법에서 규정하고 있는 지켜야 할 의무가 있다. 그중 '품위를 유지'해야 할 의무가 있다. 그런데 김남국 의원의 모금 과정은 길거리나 지하도의 구걸 모금 수준이다. 매일 라면만 먹고 구멍 난 운동화만 신는다면서 가난 팔이로 구걸했다. 불쌍해서 이런 정도의 국회의원이 있었나 싶을 정도다. 국회의원으로서의 품위는 어디에서도 찾아볼 수 없다. 품위는 사람이 갖추어야 할 위엄이다. 그리고 위엄은 존경할 만한 위세다. 물론 구멍 난 운동화를 신는다고 해서, 라면을 먹는다고 해서 품위가 없는 건 아니지만 자신의 본 모습을 감추고 가난한 척, 불쌍한 척 속이는 코스프레는 용서할 수 없다. 공직자가 품위를 잃게 되면 국민들로부터의 신뢰도 잃게 된다.

다음으로는 '청렴과 국익 우선의 성실 의무'다. 국회의원은 청렴해야 하며 국가 이익을 우선으로 하여 양심에 따라 성실히 직무를 수행해야 한다. 성실은 정성스럽고 참된 것을 말한다.

그런데 어느 구석을 봐도 참되고 정성스러움은 찾아 볼 수 없다. 그는 '핼러윈' 상임위 중에도 근조 리본을 단 채 자리를 비우고 위믹스 코인을 다른 코인으로 교환하는 거래를 하고 있었고, 인사청문회 날도 15차례, 검수완박법처리를 위한 본회의 때도 10차례 코인을 거래했다. 완전 장사꾼이다. 이걸 보고 또 어느 철없는 신부는 "누구든지 욕망 없는 자가 그에게 돌을 던지라."고 했다. 어디서 돌 던지라는 글귀는 본 모양이다. 똑같은 사람들이다. 욕망만 있으면 공직자의 의무고 뭐고 가릴

것 없이 무슨 일을 해도 상관없다는 얘기인가. 품위 유지고 뭐고, 성실
이고 뭐고 내 이익만 챙기면 된다는 얘기인가. 혼돈의 시대다. 국회의
원인지, 신부인지 모를 혼돈의 시대다.

김남국 의원은 돈을 위해 국민을 속였다. 위법 부당한 일에 대해서는
조사기관에서 조사할 일이지만, 공직자로서의 의무인 품위를 손상시켰
고, 청렴으로 국가이익을 우선하여 양심에 따라 성실히 직무를 수행해
야 할 의무를 저버렸다.

처음부터 국회의원으로서의 자격이 없는 사람이 국민을 위해 성실히
근무해야 할 자리만 차지하고 있다. 그 손해는 고스란히 국민에게 돌아
간다. 이것도 공무 수행 방해다.

66.

부끄러운
일이다 2

《대한시니어신문》칼럼 2023.5.22.

　과거 일본 최고 야구 선수였던 재일교포 장훈 씨가 "언제까지 일본에 대해 '사과하라', '돈 내라' 반복해야 하느냐. 부끄럽다."고 했다고 한다. 정말 부끄러운 일이 아닐 수 없다. 필자뿐만 아니라 많은 사람들도 같은 생각을 하고 있을 것이다.

　역사를 잊어버리자는 얘기는 아니다. 그렇지만 모든 일에는 때가 있다. 얘기할 때가 있고 그칠 때가 있으며 침묵할 때가 있다. 때에 따라서는 침묵할 때가 얘기할 때보다 더 큰 힘이 될 수도 있다.

　필자는 한일 관계를 이렇게 생각해 본다. 옛날에 우리 할아버지와 옆집 할아버지가 살았다. 그런데 힘없는 우리 할아버지가 옆집 할아버지한테 맞았다. 이유 없이 맞았다. 그렇다면 그것은 자랑스러운 일은 아닐 것이다. 창피한 일일 수도 있고 감추고 싶은 일일 수도 있다. 해결할 일이 있다면 은밀하게 그리고 진작 처리했어야 할 문제다. 그런데 80년

이 지난 손자 시대에까지 와서 옆집 손자에게 너희 할아버지가 우리 할아버지를 때렸으니 사과해라, 보상으로 돈 내라고 떼쓴다면 부끄러운 일이 아닌가. 못난 자손들이고 모자라고 부족한 자손들이라고 스스로 떠드는 일이 아닌가.

　역사를 잊어버리자는 얘기도 아니고, 사과를 받지 말자는 얘기도 아니며, 보상을 받지 말자는 얘기도 아니다. 그런데 자랑스러운 일도 아니면서 계속 같은 얘기를 가지고, 또 보상협정까지 끝난 일을 가지고 시도 때도 없이 붙잡고 돈 내라고 한다면 너무나도 못난 일이고 부끄러운 일이고 추한 일이다.

　필자의 비유가 지나쳤는지는 모르지만, 다른 것도 아닌 돈 문제 가지고 이렇게까지 하는 것이 꼭 앵벌이 같다는 생각을 지울 수 없다. 그래서 부끄러운 것이다. 우리끼리 정쟁(政爭)할 일이 있으면 내부적으로 다른 일을 가지고 피 터지게 싸울 일이지, 부끄러운 역사를 들춰내 왜 계속 돈 달라고 조르는가.

　할아버지가 맞은 것이 분하다고 생각한다면, 그것이 효(孝)라고 생각한다면, 오히려 "가슴 아프다."고 하는 옆집 손자에게 어깨를 쳐 주며 "괜찮아." 하며 그러나 마음속으로는 결심하고 다짐하는 자세가 자랑스런 자손이 아니겠는가.

　역사상 우리와 같이 외세 침략을 받은 나라들도 많이 있다. 하지만 우리처럼 80년 동안 사과와 배상을 요구하는 나라는 없다. 보도에 의하면 베트남은 전쟁 등으로 국민 800만 명을 잃었다. 하지만 상대국에 배상 요구 대신 "미래를 위해 협력하자."고 했고, 김대중 정부가 '한국군의 베트남 양민 학살 의혹'에 대한 보상 의사를 밝히자 "필요 없다."고 했다고 한다. 전쟁으로 560만 명이 숨진 폴란드도 독일과 안보 협력을 강화했다. 과거는 잊지 않되 미래를 지향한 것이다.

1965년 한일 청구권 협정에는 징용 피해자 보상이 명백히 명시돼 있고 보상도 했다. 노무현 정부도 '일본에 다시 배상을 요구할 수 없다.'고 결론까지 내렸다. 그때 문재인 전 대통령도 참여했다고 한다.

반일 몰이를 돈벌이와 정치에 이용하는 것은 못난 짓이다.

착각해서는 안 된다. 부끄러운 할아버지의 얘기를 꺼내서 효자인 척, 애국자인 척 코스프레하는 것은 효가 아닌 불효이고, 애국이 아닌 나라를 부끄럽게 하는 못난 자손들임을 자인하는 것이 된다. 집안 부끄러운 줄 알아야 한다.

67.

갈등과
이해

《대한시니어신문》칼럼 2023.5.15.

우리는 '이해'라는 말을 한다. 예를 든다면 사람과 사람 사이에 어떠한 갈등(葛藤)이나 다툼이 있을 때 "네가 이해하라."는 말을 한다. 네가 나이도 많고 또 배운 것도 많고 또는 네가 남자니까 이해하라는 말을 한다. 이때에, 물론 다는 아니지만 사람들 중에는 이해라는 말의 뜻을 "네가 양보해라.", "좀 희생하라."는 의미로 쓰이는 경우가 있다. 네가 나이가 많으니까, 네가 남자니까 양보하고 수용하라는 뜻이다.

이와 같이 이해라는 말이 양보, 수용, 희생, 용서, 등의 의미로 쓰이는 경우가 있으나 그러나 사전적 의미는 그렇지가 않다. 양보나 희생이 아니라 '깨달아 앎'이다. 사실 그대로 팩트(fact)를 아는 것이 이해다. 양보하거나 희생할 필요 없이 사실 그대로를 알면 된다는 얘기다. 예를 든다면 어떤 사람이 나에 대하여 험담을 했을 때 그래 "내가 이해할게." 한다면 그 때의 이해는 내가 수용할게, 못 들은 척할게, 용서 또는 희생할게라는 의미로 생각할 수 있는데 그러나 이해란, 그런 것이 아니라 그 사람이 어떤 입장에서 나에게 욕을 했는지, 내가 험담을 들을 만한 이유가 무엇인지 그것을 '깨달아 아는 것'이다. 그래서 아, 내가 그 사람 입장이라면 당연히 나도 그럴 수 있겠구나 하고 그 사람 생각에 대해 깨닫는 것이 이해의 의미다. 다시 말하면 그 사람의 입장이 될 수 있는 것이 이해의 뜻이라는 얘기다.

우리는 살아가면서 많은 갈등 속에 살아간다. 그러면서 그 갈등을 참고 인내하기 위하여 힘들어한다. 갈등이란 개인이나 집단 사이에 목표나 이해관계가 달라 서로 적대시하거나 충돌하는 상태를 말하는 것으로 상대의 생각과 나의 생각이 다르기 때문에, 또는 목표가 다르기 때문에 갈등하고 그것을 참고 인내하기 위하여 힘들어하는 것이다.

그런데 참고 힘들어할 이유가 없다. 상대의 생각이 나의 생각과 다르다고 해서 또는 목표가 다르다고 해서 충돌하며 힘들어할 이유가 없다는 얘기다. 갈등 때문에 힘들어하기 전에 먼저 상대의 생각과 뜻에 대해서 알아야 한다. 왜 그런 선택을 했는지, 왜 그런 생각을 했는지, 왜 나에 대해 험담을 했는지에 대해서 알아야 한다. 그것을 알지 못하고 선심 쓰듯 참고 인내하며 애쓸 필요가 없다. 상대가 그런 선택을 할 수밖에 없었던 생각을 깨닫고, 나를 험담할 수밖에 없었던 이유를 알게 된다면 그렇다면 충돌하고 힘들어하는 갈등은 없어지게 된다. 아, 그럴 수밖에 없었구나. 내 자신도 그런 경우가 된다면 그럴 수밖에 없겠구나 하고 깨닫게 되는 것이 바로 이해다. 양보나 희생의 이해가 아닌 깨달아 아는 이해가 필요하다. 그렇다고 해서 목표나 생각이 같아질 수는 없지만 힘들어할 필요가 없고 충돌과 다툴 이유가 없게 된다.

갈등은 양보하는 이해가 필요한 것이 아니라, 사실을 깨달아 아는 이해가 필요하다.

68.

맑은 물엔
고기가 없다

《대한시니어신문》 칼럼 2023.5.9.

우리는 흠결이 있는 것보다는 완벽한 것을 좋아한다. 완벽한 제품, 완벽한 기술, 완벽한 사람 등 완벽한 것을 좋아 한다.

완벽하다는 것과 철저하다는 것 자체는 결코 부정적 의미는 아닐 것이다. 완벽하다는 것은 흠결이 있고 실수가 있는 것보다는 그래도 좋은 뜻의 의미일 수 있다.

그리고 완벽한 사람은 완벽한 만큼 남에게 약점이나 폐를 끼치지 않으려 한다.

그리고 완벽한 생활을 하는 것이 그렇지 못한 생활보다는 그래도 '남들에게 유익이 되고 도움이 될 수 있다.'고 생각도 한다.

폐를 끼치지 않으려 하는 것만큼 남을 이해하고 잘해 주고 있다고 생각한다.

그런데 사실이 그런가 하고 생각해 본다. 완벽한 생활을 하는 사람들이 더 이해를 잘하고 남에게 잘해 주고 있는지.

그런데 그렇지가 않다. 완벽한 생활을 추구하는 사람들은 자신의 흠결도 원치 않을 뿐더러, 자신의 완벽한 생활만큼 다른 사람들에 대해서도 완벽을 원한다. 그것이 어쩌면 당연한 것일지도 모른다.

그러면서 그러지 못했을 때에는 그것을 수용할 수 없고 용서할 수 없다. 그리고 그것을 정의로운 행동이라고 생각도 한다. 다시 말하면, 완벽한 사람들이 그렇지 못한 사람들에 비해 더 관대하지 못하고 잘못함에 대해 용서가 어렵다는 얘기다.

중요한 것은 완벽한 사람들은 얻는 것보다 잃는 것이 더 많을 수 있다. 우선 사람들을 잃는다. 맑은 물에는 고기가 없다. 흐린 물에 고기가 모이듯이 완벽한 사람에게는 사람들이 모이지 않는다. 어려워서 접근을 하지 않는다. 그러니까 사람만 잃는 것이 아니라 정보 또한 잃는다. 대화가 어렵다 보니 삶의 귀중한 정보들을 얻을 수 없고 사실을 왜곡할 수 있다. 큰 것을 잃게 된다.

필자도 조금은 완벽한 성격의 소유자이지만, 이와 같이 완벽하다는 것은 결코 긍정적인 것만은 아닌 것 같다. 인간들은 완벽에 차이는 있을지 모르지만 어느 누구도 완벽할 수 없다. 우리는 살아가면서 잘못함과 흠결에 대해 서로 이해하고 이해받고, 용서하고 용서받을 수 있어야 한다. 자신의 잘못과 흠결에 대해서도 이해받고 용서받을 수 있어야 한다. 인간들은 그렇게 하기 위하여 만들어진 존재들이다.

자신의 잘못과 흠결을 인정하고 용서받을 수 있는 사람은, 다른 사람의 잘못에 대해서도 이해하고 용서할 수 있지만, 자신의 흠결에 대해 용서할 수 없는 사람은 다른 사람의 잘못에 대해서도 용서가 어렵다. 완벽은 흠결을 인정할 수 없는 것이고 용서는 흠결을 인정할 수 있는 것이다. 우리는 서로 용서하고 용서받을 수 있어야 한다.

　나의 부족함을 다른 사람들의 이해와 용서로 채울 수 있어야 하고, 다른 사람들의 부족함을 나의 이해와 용서로 채울 수 있어야 한다. 인간들은 원래 서로 돕고 이해하고, 채움 받고 채워 주며 살아가도록 만들어졌다. 신(神)은 완벽보다는 이해받고 이해하는 것을 원할 것이다.

　완벽을 주장하는 삶은 어쩌면 완벽하지 못한 삶보다도 부족한 삶이 될지도 모른다.

69.

행복은
깨닫는 것이다

《대한시니어신문》칼럼 2023.5.3.

물질이나 권력이나 세상적인 것들로는 행복해질 수 없다.

사람들은 10억 원만 있으면 행복해질 수 있다고 얘기한다. 그런데 과연 그럴 것인가. 10억 원만 있으면 행복해질 수 있을까. 행복해질 수 없다. 10억 원을 가지게 되면 곧 20억 원을 가진 사람을 부러워하게 되고 불행을 느끼게 된다. 그러면 이번에는 20억 원을 가지게 되면 행복해질 수 있을까. 아니다. 이번에는 30억 원을 가진 사람을 부러워하게 되고 또 다시 불행을 느낀다.

권력도 명예도 마찬가지다. 과장인 사람은 부장을 부러워하고 부장이 되면 행복해질 수 있다고 얘기한다. 그러면 부장이 되면 행복해질 수 있을까. 과연 그럴 것인가. 아니다. 부장이 되면 이제는 국장을 그리워하게 되고 또다시 불행을 느끼게 된다.

진정한 행복은 불행이 없는 행복이다. 그 행복을 찾고 깨달아야 한다. 세상적 가치의 의미를 알아야 하고 그렇게까지 집착해야만 할 이유가 없음을 깨달아야 한다.

우리는 편리한 것이 행복인 줄 알고 불편한 것이 불행인 줄 안다. 그러나 행복과 편리함은 같은 것이 아니다. 지금 불편은 하지만 평안하다. 불편하다고 해서 걱정되거나 두려워하지 않는다. 힘들고 어렵다 해도 육체적 아픔은 있을지 모르지만 영혼은 평안하고 행복하다. 그것이 행복이다.

감사한다. 진정 감사한다.
오늘도 두 다리를 잃고 절망하는 사람들이 있다. 그러면서 애타게 기도하는 사람들이 있다. 그런데 우리는 두 다리를 가졌고 어디든지 걸어갈 수 있다. 얼마나 감사한 일인가.
두 눈을 잃고 절망하는 사람들이 있다. 그러면서 애타게 기도하는 사람들이 있다. 그런데 우리는 두 눈을 가졌고 무엇이든 볼 수 있고 무엇이든 느낄 수 있다. 얼마나, 얼마나 감사한 일인가.
두 귀를 잃어버리고 절망하는 사람들이 있다. 그러면서 애타게 기도하는 사람들이 있다. 그런데 우리는 두 귀를 가졌고 그래서 흐르는 물소리와 바람소리 새소리를 들을 수 있다. 얼마나, 얼마나 감사한 일인가.

세상에는 엄청난 고통과 아픔 속에서 힘들어하고 절망하는 사람들이 많이 있다. 그런데 걸어갈 수 있고 볼 수 있고 맛있게 먹을 수 있는 건강이 있고, 겸허히 누군가를 위해 감사한 마음으로 기도해 줄 수 있는 여유로움이 있다면 그것이 행복이다.

혹자는 이렇게 말할 수도 있다. 그것이 무슨 행복이냐고, 좋은 집에서 좋은 차를 타고 골프를 즐기며 생활하는 그것이 행복이 아니냐고 말할 수 있다. 그렇다면 그에게 물을 것이다. "그러면 그렇게 살고 있는 당신은 지금 이 순간 진정한 만족과 진정한 기쁨을 느끼며 살고 있느냐."고 물을 것이다. 그렇지만 그 누구도 (편리함은 있을지 모르지만) "진정한 만족과 기쁨을 느끼며 산다."고 말할 수 없다.

행복은 물리적인 것이 아니다. 깨닫는 것이다. 가지고 있는 행복을 깨닫는 것이다. 그리고 느끼고 감사하는 것이다. 깨달음이란 생각의 변화다. 변화가 없다면 행복을 가지고도 행복을 느낄 수 없다. 우리의 일상이 행복이다. 일상에서 행복을 찾을 수 없고 느낄 수 없다면 행복은 어디에도 없다. 오늘 존재해 있을 수 있으니 얼마나 감사한 일인가. 그리고 사랑할 수 있으니 얼마나 감사한 일인가. 감사한 일이다.

근심 걱정 없는 것이 행복이 아니라, 근심 걱정이 있으나 행복할 수 있는 깨달음이 행복이다. 진정한 행복이다.

70.

아픔을 모르는 자에 대한 물질의 축복은 해가 된다

《대한시니어신문》칼럼 2023.4.24.

　우리는 가끔 보도를 통해 재벌 2세들의 탈선행위를 보게 된다. 마약과 도박과 유흥으로 재산과 몸과 가정을 망친다. 또 성서에는 유명한 탕자의 얘기가 나온다. 세상 물정 모르는 아들이 재산을 유산 받아 탕진하고 몸까지 망치고 후회하는 얘기다.

　성숙되지 못한 자에게 주는 물질의 축복은 해(害)가 된다.

　신(神)은 인간들이 물질을 얻기보다는 먼저 지혜를 찾고 성숙되기를 바란다. 인간들은 자신의 부족함이나 바람을 신(神)께 간구한다. 그러나 신은 구하는 자에게 무조건 주지는 않는다. 먼저 시련과 역경을 통해 지혜를 찾고 성숙된 삶을 요구하며, 그것이 이루어졌을 때 물질의 축복도 준다.

　물질보다는 먼저 지혜를 찾아야 한다. 물질과 지혜는 상반되는 것, 둘을 다 얻을 수는 없다. 물질을 얻으려면 지혜를 얻을 수 없고, 지혜를 얻으려면 물질을 얻을 수 없다. 물질이 없다고 힘들어할 이유가 없다. 지혜를 얻을 수 있기 때문이다. 물질은 육신을 위하고 지혜는 영혼을 위한 것, 먼저 지혜를 찾고 성숙된 삶이 돼야 한다.

지식은 책 속에서 얻을 수 있지만 지혜는 삶 속에서 얻고, 지식은 사람을 교만하게 할 수 있지만 지혜는 겸허하게 하고 성숙되게 하며, 지식은 세상에서 필요한 것이지만 지혜는 세상과 영원에서도 필요하다. 지혜를 찾아야 한다.

그러나 지혜와 성숙은 안일과 평안 속에서는 얻을 수 없고 시련과 역경 속에서 얻을 수 있다.

영적으로 성숙되지 못한 자에게 주는 물질의 축복은 그 사람을 교만에 빠지게 하고, 삶의 아픔도 고통도 모르게 하며, 아픔과 고통을 모르고는 남을 이해하고 용서하고 사랑할 줄도 모르게 된다. 그리고 성숙의 과정도 없을 것이고 성숙의 과정 없이는 삶의 진정한 의미도 깨닫지 못하며 영혼은 병들어 갈 것이다.

아픔을 모르는 자에 대한 물질의 축복은 영혼에 해가 된다. 먼저 지혜를 찾고 성숙돼 가야 한다. 그러기 위해서 우리에게 닥쳐오는 어떠한 시련과 고통도 참고 인내할 수 있어야 한다.

아픈 사람들의 아픔을 알고 고통 받는 사람들의 고통을 알 수 있다는 것은 축복이다. 그러므로 지금 내가 그 아픔들을 체험하고 있다는 것, 고통들을 체험하고 있다는 것은 그 자체가 축복이 아닐 수 없다.

71.

공동체

《대한시니어신문》칼럼 2023.4.17.

우리는 공동체와 나를 분리해서 생각하기도 한다. 그러나 공동체와 나는 하나다. 공동체 안에 있지 않고서는 내가 있을 수 없다.

공동체 안에 있지 않고서는 성숙도, 완성도 이루어질 수 없고 사랑도 나눔도 이루어질 수 없다. 성숙과 완성이란 가치는 공동체 안에서만 이루어질 수 있고, 나 혼자서는 사랑도 나눔도 할 수 없기 때문이다.

조약돌은 돌 사이에서 연마되지만, 사람은 사람 사이에서 연마된다. 공동체 안에서 성숙되고 완성돼야 한다.

때론 내 가치 기준 안에서 또는 이기적 기준 안에서 공동체를 평가하고 일치하지 못함에서 갈등할 때가 있다.

그러나 나만의 목표는 이기적인 목표가 될 수 있고 보편적 목표가 될 수 없다. 공동체의 목표를 찾아야 한다.

물론 여기서의 공동체는 이데올로기적 배분을 위한 통제적 공동체를 얘기하는 것은 아니다. 개개인의 자유와 가치를 존중하고 개개인의 목표를 존중하는 공동체를 말한다.

우리의 몸은 하나이지만 많은 지체를 이루고 있다. 그렇듯이 우리 각자의 개체 또한 공동체의 한 지체가 된다.

손과 발이 지향하는 가치가 다를 수 없고, 왼손이 오른손의 가치를 평가할 수 없으며, 또한 눈이 내게는 손이 필요 없다 말할 수 없고, 머리가 내게는 발이 필요 없다고 말할 수 없다. 오직 몸이 지향하는 공통된 가치를 찾아야 할 뿐이다.

나 혼자만의 이기적 가치 때문에 공동체와의 관계에서 갈등하고 힘들어해서는 안 된다.

부부 공동체의 가치를 찾아야 하고, 가정 공동체의 가치를, 직장 공동체의 가치를 찾아야 하며, 그리고 사회 공동체의 가치와 국가 공동체의 가치를 찾아야 한다.

손과 발이 나는 몸과는 아무 상관이 없다고 한다면 몸은 이루질 수 없고, 아내와 남편이 나는 부부관계와는 상관이 없다고 한다면 부부는 이루어질 수 없으며, 가족 구성원이 나는 가정과는 아무런 상관이 없다고 한다면 가정은 이루어질 수 없다. 직장도 사회도 국가도 마찬가지다.

그렇다고 해서 개개인의 정체성이나 독립적 가치를 부정하는 것은 아니다. 다만 개개인의 정체성과 가치는 공동체의 정체성과 가치를 위해 존재할 때에 그 가치가 있는 것이다. 하나의 벽돌은 벽돌로서의 정체성과 가치를 가지고 있다. 그러나 벽돌로서의 정체성의 가치는, 그것보다 더 크고 높은 완성된 하나의 건물로서의 정체성과 가치를 위해 존재할 때에 그 가치가 있는 것과 같다.

신(神)은 공동체 안에서의 관계를 기준으로 인간들을 평가할 것이다. 왜냐하면, 사랑과 성숙과 완성이란 가치는 공동체를 떠나서는 이루어질 수 없고, 공동체 안에서만 이루어질 수 있으며 나 혼자서는 사랑도, 용서도, 성숙도, 완성도 이루어 낼 수 없기 때문이다.

공동체 안에서 하나 되고 일치돼야 한다. 그리고 공동체 안에서 평화와 평안을 찾아야 한다. 갈등해서는 안 된다.

72.

가끔은
하늘을 보자

《대한시니어신문》칼럼 2023.4.10.

삶이란 멀고 먼 목적지를 향해 긴 여행을 떠나는 것과도 같다. 여행길을 오를 때에는 희망과 꿈에 부푼 마음으로 즐겁게 출발도 하지만, 여정 중에는 즐거울 때도 있고 기쁠 때도 있으며, 슬플 때도 있고 괴롭고 힘들고 또 때로는 지쳐 포기하고 싶을 때도 있다. 그러면서 시간은 흐르고 아직도 갈 길은 먼데 끝은 보이지 않고 몸은 피로에 지쳐 너무 힘들고 그렇다고 그대로 주저앉아 포기할 수 없는 것이 우리의 삶이 아닌가 생각된다.

그런데 갈 길이 보이지 않아 더욱 힘들고 답답함에 지쳐 있던 지금 그 목적지가 눈에 들어오기 시작했다.

가끔은 하늘을 보자. 땅만 보고 달리지 말고 하늘도 보고 뒤도 돌아보자. 그리고 생각을 하자.

여정 중에 가고자 하는 목적지를 생각하듯이, 삶의 목적지를 생각해 본다. 목적지를 막연히 미래의 시간으로만 생각하는 것이 아니라, 삶의 시간들이 지나갔듯이 앞으로의 시간들도 어느 순간에는 확실하고 분명하게 닥쳐올 것을 생각하게 되면 삶의 끝은 현실의 시간으로 절실하게 느껴온다.

푸른 들판을 지나 멀리 보이는 산 밑 자락에 가고자 하는 여정의 목적지가 보이기 시작한다. 정신이 새로워지고 지쳐 있던 몸에 힘이 다시 붙기 시작하며, 여정 속에서 힘들어하고 갈등해 왔던 근심 걱정들도 사라지게 된다.

목적지가 보이는 여정과 보이지 않는 여정이 다르듯이, 목적지가 보이는 삶과 보이지 않는 삶은 삶에 대한 생각이나 의미가 다르게 느껴지고, 삶에 대한 가치와 살아가는 방법 또한 다르며, 어려움과 문제점들에 대한 느낌들도 달라지게 된다.

목적지가 보이지 않던 삶은 힘들고 지치고 막막하기만 했는데, 이제 지쳐 있던 몸과 마음에 다시 새롭게 힘을 얻게 된다. 두 손을 쳐들고 소리 질러 본다. "야~호!" 걱정이 없다. 보이는 그곳까지 갈 수 있다는 자신이 생겼기 때문이다.

삶의 변화가 오기 시작한다. 그동안 가는 길이 어디쯤인지, 목적지가 어디쯤인지 모르기에 세상적인 것들을 움켜쥐고 놓지 않으려 애쓰며, 놓치면 세상을 잃을 듯 살아왔는데, 이제는 그럴 필요가 없게 됐다. 목적지를 발견했고 그곳이 그리 멀지 않은 저 멀리에 보이기 시작했기 때문이다. 남은 힘이 그곳까지만 갈 수 있으면 된다. 그러기에 더 이상의 세상적인 것들이 필요 없게 됐고, 더 이상의 욕심을 가질 이유도 없게 됐으며, 가진 것들이 무겁고 부담스럽게 느껴진다면 홀가분하게 남은 것들을 던져 버려야 할 처지고, 누가 아직도 불필요한 무거운 짐들을 지고 힘들게 가고 있다면 얘기해 주고 싶다. "그렇게 힘들게 지고 갈 필요 없다고. 갈 길이 멀지 않다고. 거의 다 왔다고." 얘기해 주고 싶다.

그리고 또 하나의 삶의 변화가 왔다. 이제는 그곳에 가는 동안만이라도 좀 더 사랑하며 살아야겠구나하는 생각도 갖게 된다.

남은 시간만이라도 나만을 위해 움켜쥐고 살아왔던 삶에서 좀 더 남을 위한 삶으로 살아가야 한다는 생각을 하게 된다. 우리는 그것 때문에 그것을 하기 위해 세상에 온 것이기 때문이다.

소외된 이들을 위해 무엇을 했고, 고통받는 이들을 위해 무엇을 했으며, 배고픈 이들을 위해서, 병든 이들을 위해서 무엇을 했고, 잘못한 이들을 얼마나 이해하고 용서하며 사랑했는지를, 남은 시간만이라도 그렇게 살아가지 않으면 안 된다는 생각을 한다.

멀리 보이는 그곳이 얼마 남지 않았기 때문이다.

그러나 간과할 수 없는 것이 있다. 목적지는 보이는 사람도 보이지 않는 사람도 하루아침에 갑자기 그곳에 다다를 수 있다는 것 또한 잊어서는 안 된다. 지평선 너머로 멀리 목적지가 보일 수 있고, 산모롱이를 돌아서 갑자기 나타날 수도 있다.

보이는 그 곳을 바라보고 있으면, 세상의 어떠한 욕심도 근심 걱정도 모두 사라지고, 아무것도 아닌 것이었음에 미소 지으며 일용할 양식으로 감사할 수 있고, 마음에 고요와 평안을 느끼게 된다.

　가끔은 하늘을 보자. 그리고 여유를 갖자. 여정의 목적지가 보인다. 목적지가 보이는 삶은 살아가는 삶의 의미와 이유 또한 달라지게 한다.

73.
인간과
종교

《대한시니어신문》칼럼 2023.4.3.

우리는 보통 종교를 자유스럽게 선택할 수 있는 것으로 생각하기도 한다. 다시 말하면 필요에 따라 선택할 수도 있고, 안 할 수도 있는 것처럼 생각도 한다. 그래서 많은 종교 중 그리스도교를, 불교를, 이슬람교를 선택하거나 또는 종교는 필요하지 않은 것쯤으로, 또는 자신들이 선호하는 것을 마음대로 선택할 수 있는 것으로도 생각한다.

마치 슈퍼마켓에서 물건을 고르듯이, 때에 따라서는 물건이 마음에 들지 않으면 구매하지 않아도 된다는 생각도 하고, 또 때로는 액세서리처럼 사회적 품위에 맞게 남들이 가지고 있는 종교 하나쯤 가지고 있는 것도 품격을 높이는 데 도움이 된다고 생각하면서 말이다.

또, 그렇게 선택한 종교의 믿음의 대상도 내가 선택한 내 소유처럼 내 마음대로 할 수 있는 것처럼, 그리고 나를 잘되게 해 주는 샤머니즘적 종교처럼 생각하고, 그래서 내가 바라는 대로, 원하는 대로 되지 않을 때에는 쉽게 실망도 하고 또는 버릴 수도 있다고 생각하기도 한다.

그런데 과연 그렇게 생각하는 것이 맞는 것일까.

그러나 종교는 그렇지가 않다. 선택할 수 있는 것이 아니라, 상호 간 관계가 아닌가 생각된다. 내가 필요에 의해 선택할 수도 있고 버릴 수도 있는 것이 아니라, 종교 속에 존재해 있을 수밖에 없는 관계가 아닌가 생각된다.

그것은 나의 생명을 내 생각대로 내 마음대로 선택할 수 있었던 것이 아니고, 또 죽음의 세계 역시 내 마음대로, 내 의지대로 선택할 수 있는 것이 아닌 것과도 같다. 만약 나의 생명과 나의 죽음을 내 마음대로 내 의지대로 선택할 수 있는 것이라면 그렇다면 종교는 필요하지 않은 것일 수도 있다. 그런데 그렇지가 않다. 우리는 아는 것이 없다. 내 자신도 모른다. 어떻게 와서 어디로 가는지도 모른다. 모른다는 것은 결론지을 수 없고 확정 지을 수 없는 것이다. 종교와 관계없다고 결론지을 수 없고, 종교가 필요하지 않다고 확정 지을 수 없다. 그러므로 인간은 종교를 선택할 수 있는 것이 아니라 종교 안에 있을 수밖에 없는 존재가 아닌가 생각되는 것이다. 종교적일 수밖에 없다는 얘기다.

또한 종교는 교회가 있음으로 해서 비로소 믿을 수 있게 되는 대상이 되는 것은 아니다.

훌륭한 신부나 또는 설교를 잘하는 목사가 있음으로 해서 믿을 수 있고, 그렇지 않으면 믿지 않아도 되는 것이 아니라, 종교는 바로 내가 존재함으로 인해서 믿을 수밖에 없는 대상이 된다.

다른 이유가 아닌, 내가 존재한다는 이유만으로 종교를 찾을 수밖에 없고, 믿을 수밖에 없다는 얘기다. 인간은 종교적일 수밖에 없다.

　이와 같이 종교는 관계인 것이지, 필요에 따라 내 마음대로 내 의지대로 선택할 수도 있고 버릴 수도 있는 것이 아니다.

　마치 육신의 아버지와 자식 간의 관계와 같이 임의적으로 선택할 수도, 아닐 수도 있는 것이 아니라는 얘기다. 단순히 종교가 필요하지 않다고, 나와는 상관이 없다고 결론지을 일이 아니라, 존재의 의미와 삶과 죽음에 대하여 좀 더 깊이 생각할 수 있는 지혜의 삶이 필요하지 않은가 생각된다.

74.

삶은
성숙의 과정이다

《대한시니어신문》칼럼 2023.3.28.

우리의 삶 속에는 시련과 고통이 있고, 그 시련과 고통을 통해서 성숙되고 완성되어 간다. 삶은 완성되어 가는 성숙의 과정이고, 그 성숙의 과정에 시련과 고통이 있다.

운동선수가 시련과 고통의 과정 없이 값진 금메달을 얻어 낼 수 없듯이, 또한 단단한 쇠가 불 속에서 더욱 연단되듯이, 또는 조개가 아픔을 안고 진주를 만들어 내듯이 시련과 고통의 과정을 거치지 않고서는 가치를 만들어 낼 수 없고 성숙되고 완성될 수 없다.

평안과 안일 속에서는 성숙될 수 없고 지혜를 찾을 수 없으며, 세상적인 것과 육적인 것밖에 보고 느낄 수 없고 유혹과 죄와 교만에 빠질 수 있지만, 시련과 고통 속에서는 많은 것을 생각하게 하고 많은 것을 느끼게 하며, 지혜를 깨닫게 하고 성숙되며 완성되어 가게 한다. 시련과 고통의 가치가 거기에 있다.

성숙이란 어린아이가 자전거를 배우는 것과도 같다. 자전거를 배우며 넘어질 수도 있고 상처를 입을 수도 있다. 중요한 것은 넘어진 아이는 아파하지만, 아파하는 그때 아픔 속에서 지혜를 배우고 삶을 깨달아 간다.

필자의 아내가 갑자기 눈이 안 보이기 시작했다. (당뇨 수치 530으로 인한 합병증) 나의 손을 붙잡고 다녀야만 했고 식탁에서는 반찬을 놓아 주어야만 했다. 양쪽 눈이 다 시력을 잃은 것이다. 양쪽 눈을 다 수술해야만 했다. 너무 힘들다.

자전거를 배우는 아이가 넘어진다.

왼쪽 무릎이 벗겨진다. 다시 자전거를 탄다. 이번에는 오른쪽 무릎이 벗겨진다. 그래도 자전거를 탄다. 이번에는 왼쪽 팔꿈치를 다친다. 그리고 오른쪽 팔꿈치를 다친다. 그래도 아버지는 별로 신경 쓰지 않는다. 어린아이에게 너무 가혹한 것일까. 그러나 지금 어린 아이는 지혜를 깨닫고 성숙되어 간다.

나도 지금 성숙되어 가고 있고, 나의 아내도, 나의 자식들도 성숙되어 가고 있는 중이다. 그런데 만약, 그때에 힘든 나에게 하늘에서 갑자기 돈 보따리라도 하나 뚝 떨어뜨려 준다든가, 놀라운 기적이라도 내려 준다면, 그렇다면 그것이 행복이 될 수 있을까. 그러나 우리 인간들은 그 순간부터 또다시 교만에 빠지게 되고 지혜를 잃게 된다.

성숙되어 간다는 얘기는 키가 커져 간다는 얘기도 아니고 어른이 되어 간다는 얘기도 아니다. 성숙되어 간다는 얘기는 '사랑할 수 있는 마음'으로 변화되어 간다는 얘기다. '사랑할 수 있는 마음'을 깨달아 간다는 얘기다. 즉 '나를 위한 삶에서 남을 위한 삶'으로 변화되고 완성되어 가야 함을 깨달아 간다는 얘기다. 그리고 그것이 가치의 삶임을 깨달아 간다는 얘기다.

 우리는 어떠한 시련과 고통이 오더라도, 완성된 삶을 위하여 감사한 마음으로 그것들을 받아들일 수 있고 인정할 수 있어야 한다. 그리고 그 속에서 지혜를 찾을 수 있어야 한다. 대학교를 가기 위해 과정을 거쳐야만 하듯이, 또한 한 마리의 애벌레가 나비가 되기 위하여 어렵고 힘든 변화의 과정을 거쳐야만 하듯이 말이다.
 왜 착한 사람들에게 고통이 있어야만 하느냐고 따질 일이 아니고, 따질 이유도 없다. 오직 감사해야 할 일이다.

75.

갈등할
이유가 없다

《대한시니어신문》칼럼 2023.3.17.

우리는 많은 갈등 속에 살아간다. 개인과 개인 간의 갈등, 개인과 집단 간의 갈등, 또는 집단과 집단 간의 갈등 등 갈등 속에 살아간다. 그래서 그러한 갈등들 때문에 힘들어하고, 괴로워하고, 마음의 평화를 얻지 못한다.

갈등이란, '개인이나 집단 사이에 목표나 이해관계가 달라 서로 적대시하거나 불화를 일으키게 되는 상태'로 서로 간의 목표나 이해관계의 충돌이 갈등이 된다. 목표나 이해관계가 같다면 갈등할 이유가 없다. 내 목표 및 이해관계가 상대의 목표 및 이해관계와 다른 것을, 내 중심적 내 위주의 가치 기준에서 생각하고 판단하려 하기에 갈등하게 된다.

서로 간의 목표나 이해관계가 같을 수는 없다. 즉 생각의 기준이 같을 수 없다는 얘기다. 그것을 이해할 수 있고 인정할 수 있다면 갈등할 이유가 없는 것이다. 다시 얘기하면 나의 기준이 아닌 상대의 가치 기준에서 생각할 수 있고, 상대의 가치 기준에서 판단할 수 있다면 상대를 이해할 수 있게 되고 그래서 갈등 또한 있을 수 없다는 얘기다. 나만의 가치 기준은 어디까지나 내 중심적인 이기적 기준이고 판단이지, 상대의 기준은 될 수 없다. 나만의 기준이 반드시 옳은 것이 아니기 때문이다.

그렇다고 해서 보편적 가치 기준을 생각하지 말자는 얘기는 아니다. 분명 공통된 보편적 가치와 기준은 있다. 그럼에도 불구하고 갈등할 수 없는 것은 보편적 가치 기준 자체도 사람마다 다르기 때문이다. 큰 그릇을 가지고 있는 사람이 있는가 하면 작은 그릇을 가지고 있는 사람이 있고, 둥근 그릇을 가지고 있는 사람이 있는가 하면 네모진 그릇을 가지고 있는 사람도 있으며, 살아온 환경과 연령과 교육에 따라서 가치의 그릇이 다를 수 있다. 어른과 아이의 가치 기준이 같을 수 없고, 남자와 여자의 기준이 같을 수 없으며, 배가 부른 사람과 배고픈 사람의 기준이 같을 수 없다. 그릇의 차이가 다른 것을 가지고 왜 다르냐고 갈등할 수는 없다. 상대의 그릇의 기준으로는 그것이 최선의 것이고, 상대의 그릇의 기준으로는 그것이 틀린 것이 아닌 맞는 것이다.

때로는 상대에게 손해를 본 것처럼 생각할 때도 있고 그래서 갈등할 때가 있다. 그러나 그것도 생각해 보면 내 입장일 뿐이다. 상대의 입장에서 보면 그것이 당연한 것이고 마땅한 일일 수도 있다. 그런 것을 내 기준에서만 손해 본 것처럼 생각한다.

물이 흘러가는 곳에는 암초가 있고 벼랑이 있다. 암초가 없다면 물은 거침없이 흘러갈 것이고 멈춰 설 이유가 없을 것이다. 그러나 그것은 물의 입장일 뿐이다. 세상에는 흐르는 물만 있는 것이 아니고, 또한 모든 것이 물을 위해 존재하는 것도 아니다. 이 세상에 혼자 존재하기 위해 존재하는 것은 없다. 존재하는 모든 것은 각각의 존재 이유와 추구하는 가치가 있다. 그것이 조화다. 존재하는 모든 것은 조화를 위해 존재한다. 그래서 조화는 완전한 것이다. 상대의 존재를 인정해야 하고, 상대의 가치를 인정하고 존중해야 한다. 서로 이해하고 존중하며 용서하고 사랑하는 가운데 성숙되고 완성되어 간다. 삶은 완성의 과정이다.

아직도 갈등하고 힘들어하고 있다면, 조화의 의미를 알지 못하고, 세련되지 못함 때문이며, 아직 성숙되지 못함 때문이다. 갈등할 이유가 없다. 갈등해서는 안 된다.